「シュイ？　襲ってもいいの？」

　シュイは頭を擦りつけるようにして振って拒否の意味を示す。ルサが残念と笑ってシュイの背中をぽんぽんと叩いてくれた。　　　　　（本文より）

BBN
B•BOY NOVELS

アポロンの略奪

オメガバース・契りの運命

水樹ミア
イラスト／コウキ。

この物語はフィクションであり、実際の人物・団体・事件等とは、一切関係ありません。

CONTENTS

アポロンの略奪

はじまりはおわり

かつて世界の中心で

栄耀栄華を誇った王国《アルカディア》があった。

彼の国の王族は神々に近付き、

光り輝ける姿を与えられた。

しかし、驕り高ぶった彼らは

その傲慢さゆえに神の怒りに触れ、

王は獣の姿に変えられ、

その子供達は雷で滅ぼされた。

ただ、神は僅かな子供だけは赦し、

代わりに、授けた力を子孫に継げぬ呪いを与えた。

僅かなはじまり《アルファ》の子供達は

滅びた王国を去った。

おわりははじまり

只人《ベータ》と交わり、

消えゆくはずのはじまりの子供達は

神の呪いを解くおわり《オメガ》に出会う。

アルファ　α

体格、頭脳、容姿ともに非常に優れた存在。

圧倒されるようなカリスマ性、オーラを備え、その力でベータ、オメガを従わせることができる。特に始祖の力と呼ばれる光に見えるオーラを発することのできるアルファは、他のアルファさえも従える。

男性体、女性体ともに精巣とそれに通じた外性器があり、オメガとベータの女性を孕ますことができる。

ベータ　β

人口の圧倒的多数を占める種別。

男性体と女性体との間でのみ子供が生まれる。ベータの女性体はベータしか産まない。

オメガ　Ω

華奢な体格であることが多い。

年に三回ほど七日間続く発情期があり、その間にアルファが抗えない性フェロモンを発する。

男性体、女性体ともに子宮があり、アルファの男性体、アルファの女性体、ベータの男性体によって孕まされ、父親と同じ種別かオメガのどちらかの子供を産む。

真夏の太陽が大地を容赦なく焦がす。

シュイは、額に滲《にじ》む汗を手の甲で拭《ぬぐ》い、彼方《かなた》を見た。太陽は西の空に燦然《さんぜん》と輝いていた。大きな太陽が鮮やかな赤で西の空に居座っている。その明るさに、一瞬目が眩《くら》んだ。

「っ……」

よろめいたが寸でで踏み止《とど》まる。手にしていた日干し煉瓦《れんが》はなんとか取り落とさずに済んだ。左足首に嵌《は》められている奴隷の証《あかし》の枷《かせ》が視界に入る。金属製の足枷とはもう十二年もの付き合いなのに、未《いま》だに馴染《なじ》めない。溜息《ためいき》を零《こぼ》して顔を上げると、鞭《むち》を手にした奴隷頭《がしら》がシュイを見てきたが、すぐに目線は逸《そ》らされた。

シュイは胸を撫《な》で下ろした。もし煉瓦を落としていたら鞭で叩《たた》かれていたところだが、なんとか免《まぬか》れたらしい。

今日は調子がいいなとシュイは息を吐く。体力がないし鈍くさくてよく転ぶから、こういう肉体労働の日で一度も折檻《せっかん》を受けない日は珍しいのだ。

「今日はここまでだ！」

奴隷頭の号令にシュイは煉瓦を地面に置き、過酷な労働で浅くなっていた呼吸をゆっくり整える。日に焼けてずきずきする赤い肌を刺激しないように慎重に汗を振り払う。

「こりゃあ一ヶ月じゃきかないぞ。なんだってこんな砂漠のど真ん中でこんな立派な塀を造りなさろうとするんだ、旦那様《だんなさま》は。風砂用ならもう間に合ってるだろう」

赤国の西端。領都の市街地から離れ、岩と砂ばかりの荒地のただ中に建つ奴隷商人ドランの屋敷では、風砂用の塀の内側に頑強な塀を新設する工事が行われていた。

「白国だか黒国だかのアルファがまた襲ってくるとか？」

手の甲で汗を拭った奴隷の男が返す。

赤国は二十年ほど前まで戦争を繰り返していた、破竹の勢いで快進撃を続けていたが、隣国の白国のさらにその向こうの黒国に敗北し、一転して戦敗国になった。その後、侵略戦争によって手に入れた国土もほとんど失い、国民は貧しさに喘《あえ》いでいる。

大軍を擁する赤国に対して黒国の兵士はあまりに少なかった。だが、赤国の敗北は一瞬にして決まった。それは黒国に存在するアルファという種類の人間のせいだ。アルファはあらゆる能力に秀で、人々を強制的に従えさせる力を具《そな》えている。戦争においても例外ではなかった。黒国には特に強い力のアルファが幾人もいて、彼らの前では赤国の大軍すら赤子同然だった。

「アルファ？　どうせならオメガの方がいいなあ。あいつら化け物だけど、天国見せてくれるんだろう？」

同じ塀の造作に従事していた奴隷の一人が腰をかくかくと揺する。オメガはアルファとは正反対の存在だ。悪魔のような力を具えるアルファに対して、淫魔《いんま》とも呼ばれる性質を持つ。周囲の奴隷達がどっと沸いた。

「オメガに捕まると干からびるまで精を搾《しぼ》り尽くされるっていうぜ？」

「でもアルファに八つ裂きにされるよりマシだろ？」

「いいや！　化け物のオメガに自分の子供を孕《はら》まれるなんて考えるだけでおぞましい！」

奴隷達はアルファとオメガのどちらがマシか言い合いを始めた。

赤国には、アルファもオメガも存在しない。アルファとオメガの存在する隣国の白国や、さらにその先の黒国と違い、ベータと呼ばれる人間のみで構成されている。

アルファは、長らく赤国を属国として支配してきた隣国の白国では、絶対的な権力者。オメガはアルファやベータの男を誘惑して子供を産む。それどころか、オメガは男性の身体をしていても子供を孕む。まるで獣のように発情期があって、近くにいる人間、特にアルファを、身体から発せられる邪悪な匂いで誘惑し、子種を啜《すす》り取るという。

「だけどオメガは美人揃《ぞろ》いだって言うじゃないか。見てるだけで萎《な》えるような容姿の誰かさんとは正反対でさ」

奴隷達の目線が一斉にシュイに向けられた。

「俺?」

「お前以外にいないだろう」

笑って詰《なじ》られて、シュイは顔を引き攣《つ》らせたが、反論はしなかった。

事実、シュイは醜い。十七歳という年齢にしては背も低く、ガリガリに痩せた身体とぼさぼさの赤髪。赤国人はほとんど褐色の肌をしているが、シュイの全身は赤かったり、白っぽかったり、青黒かったりする。

肌の大部分が赤いのは袖《そで》も裾《すそ》も擦り切れた粗末な服を着て外で働き、日に焼けたせいだ。シュイは太陽を浴び過ぎると、肌が黒くならずに火傷《やけど》したように赤くなる。その上で白っぽいのはガサガサに荒れているせい。シュイの肌はこの乾いた土地で潤いを保てない。ところどころ青黒いのは折檻の痕《あと》だ。鈍《どん》くさいからよく失敗しては屋敷の使用人や奴隷仲間の質《たち》の悪い奴らに暴力を受けた。

「シュイ。お前、そのなりじゃあ誰にも相手してもらえないだろう? オメガならお前みたいなのでもやらせてくれるんじゃないか?」

奴隷の一人がニヤニヤとシュイをからかった。

「い、嫌だよ、オメガなんて!」

想像しただけでも怖気《おぞけ》が走り、シュイは慌てて否定した。シュイは性的な話題が得意ではない。性への欲求が薄いだけではなく、誰かとしたいと思えない。それはもしかしたら、性交の先にある子供のことに繋《つな》がっているんじゃないだろうかと、自分で何度か考えたことがある。

シュイは五歳の頃に親に売られて奴隷になった。赤国では親は子を金のために売る。しかも奴隷の子供は奴隷だ。いつどこに売られていくかもわからない。奴隷が子供を作ったところで、自分も相手も子供も、誰一人、幸せにはなれない。

そんな風に普通の女性との間の性交にすら嫌悪感があるのだ。ましてや見た目がどれだけ綺麗《きれい》だとしても人間ではない存在を無理やり抱かされるなんて絶対にご免だ。

「お前ら、何言ってるんだ。違うよ、アルファでもオメガでもない。盗賊だよ、盗賊」

それまで黙って聞いていた奴隷の一人が呆《あき》れたように言う。

「なんでも、大盗賊団が隣の領に現れたんだそうだ。捕まえようとしたら煙のように消えて、もしかしたらこっちに向かってきているんじゃないかって話だ。奴ら、財産を根こそぎ奪うだけじゃ物足らず、押し入った先の家人は皆殺しだってさ。しかも顔を見られたら滅多刺しにして生きたまま火まで付けていくらしい」

語られる盗賊の恐ろしさにシュイはぞっとした。

「盗賊なんてこんな塀で防げるのかよ？」

「護衛の数も倍に増やすとか聞いたぞ」

「それなら安心だ。盗賊はただの人間だろうからな。アルファやオメガなら護衛も役立たなさそうだけどな」

アルファ、オメガ、盗賊のどれがマシか。奴隷達はそんな話をしながら片付けを放り出す。

「おい、シュイ。あとはやっておけよ」

「え？　ちょっと待ってよ」

「嫌だね。お前、働きが悪いんだからこれくらいやれよ！」

仲間達はシュイに命令すると、奴隷達の住まう区画に我先にと戻っていった。

「またか……」

一人残されたシュイは放り出された道具や煉瓦の山に途方に暮れるしかなかった。

「シュイ！」

仕方なく一人で片付けをしていると、シュイを呼ぶ声がした。

「エハ！」

駆けてきたのは奴隷仲間で親友のエハだった。見慣れた顔に疲れを少しだけ忘れてほっと息を吐く。

エハは、シュイの一つ上の十八歳だ。シュイと同じように幼い頃に親に売られて奴隷になった。少し小柄だがシュイよりは背は高い。それに、同じ奴隷とは思えないくらい活発で、整った顔をしている。

肌は赤国人のほとんどを占める褐色だが、麦の穂のような明るい色合いで、琥珀《こはく》色の瞳はくるくる変わる表情に合わせてきらきら輝く。

「お前、なんでこんなところにいるんだよ」

エハはシュイが一人で片付けをしているのを見て事情を察したらしい。

「力仕事に駆り出されたのか？　俺と一緒に来たら、倉庫の小物の整理で済んだのに」

エハは持ち前の要領のよさでいつも楽な仕事を勝ち取っている。エハと仲のいいシュイもよくその恩恵を受けていたが、今日は別々だった。

「ありがとう。でも、今日は人手が足りないって言われてさ」

シュイだって断りたかった。でも、頭数が足りなければ、入ってきたばかりの小さな子が連れていかれると言われたら断れなかった。たとえ子供でも、仕事場に出たら大人と変わらない働きを要求されることをシュイは身をもって知っている。

「相変わらずだな、お前は」

エハはちょうど目線の辺りにあるシュイのぼさぼさで傷んだ赤髪をぐしゃりと撫でる。

シュイはこのエハのちょっと乱暴な愛情表現が好きだった。シュイの外見を厭《いと》って近付くことすら避ける奴隷仲間もいるのに、エハは気にせず触れてくれる。それにきっと、シュイが戻ってこないのが気になって探しにきてくれたのだろう。

「えへへ」

「笑うなよ。日が暮れる前に戻らないと罰が待ってるぞ？　さっさと片付けて食事にいくぞ」

「ありがとう」

なんだかんだと言いながらエハが片付けを手伝ってくれたおかげで、なんとか日が落ちきる前に奴隷用の区画にある奴隷専用の食堂に移動できた。

食堂には大勢の奴隷がひしめき合っている。配膳はもう終わりかけだった。エハはシュイの手を引いて、馴染みの女奴隷が配膳する列に滑り込んだ。

「姉さん。こいつは今日、この細っこい身体で肉体労働だったんだ。多めにしてやって」

「はあ？　でも、まあ、仕方ないわね。あんたみたいな貧相なのでも、倒れられたら皆が迷惑するんだから」

女奴隷は周りを見回した後、内緒だからねと肩を竦《すく》めて、シュイのスープの具を多めにしてくれた。

「ありがとう」

シュイは精一杯の笑みを浮かべて礼を言った。

「あんた笑うとちょっとだけ可愛《かわい》く見えるのよね」

女奴隷はなんとも言えない顔をしてさっさと行きなさいと目線で促す。シュイがどくと、エハが「俺にも大盛りね」と言って女奴隷に「あなたは楽してたんでしょ」と窘《たしな》められている。でも結局はエハのお願いに負けて少しだけ多めにしてくれたようだ。

椀《わん》一杯のスープと一切れのパン。それが朝晩の二食。足りないと思うこともあるが、この屋敷の奴隷の待遇は他に売られていった奴隷達に比べると随分マシらしい。赤国は不毛の土地で食料が乏しくて、一日に一食しか与えられず、採掘のような危険な仕事に従事させられる奴隷が大勢いる。奴隷以上に飢えている一般国民すら少なくない。

シュイは椀とパンを持ってエハと一緒に食堂の隅に移動して砂埃《すなぼこり》だらけの石床に座り込む。

「はあ、今日も豆か。たまには肉が食いたいよな」

エハはぶつぶつ言いながらパンを潰れた豆の浮かぶ塩味のスープに浸す。

「エハは本当に肉が好きだよな」

「お前は肉より甘い物が好物だっけ。食べたいだろ?」

食べたい。そう思ったが舌の上にじわりと蘇りかけた甘さをシュイは振り払った。

「肉も甘いものも、祝いごとや祭りでもないと無理だよ」

自分もパンをスープに浸す。数日分が作り置きされるパンはそのままでは硬くて噛《か》み千切れないから、しつこいくらいに汁気を吸わせないといけない。

「祭りなあ。街は毎日祭りみたいに賑《にぎ》やかだっていうけど、ここは荒地のど真ん中だからな」

シュイ達の暮らす屋敷は、赤国でも北西の国境沿いにあり、領都の喧騒《けんそう》もまったく届かない僻地《へきち》に建てられている。風砂除《よ》けのためにぐるりと囲まれた塀の外側は見渡す限り乾いた世界だ。最も近い領都の市街地に赴くにも馬車で半日近くかかり、徒歩で踏破することはまず不可能だ。この屋敷のことを奴隷を逃さないための天然の牢獄と呼ぶ者もいる。

荷物の運搬に市街地まで連れていかれる奴隷もいるが、シュイとエハはまだこの屋敷から出たことがない。外のことは全て他の奴隷や使用人から聞き知ったたけだ。

「くそ、いつか奴隷じゃなくなって好きなものだけたらふく食ってやる」

エハは決意を口にしながら、スープから引き上げたまだ硬いパンをバリッと噛み千切った。

シュイとエハは親に売られた借金奴隷なので、借金さえ返せば奴隷の身分から解放されるが、奴隷の身で金を貯めるなんて不可能に近い。

「はあ。どこかの金持ちが俺を見初《みそ》めて解放してくれないかな」

「ここに来る外の人間なんて、ご主人様の客くらいしか……。しかもみんな男じゃないか」

「男でも構やしないさ」

「男の妾《めかけ》になるってこと？」

エハはにっと笑った。

「そう。俺ならいけると思わないか？」

シュイはじっとエハの整った顔を見て、苦笑しながら頷《うなず》いた。

「うん。エハならね」

「シュイ、そのときはお前も連れていってやるからな？」

エハの言葉にシュイは自分の足枷に触れながら頷いた。エハが金持ちの妾になることについての是非はともかく、二人で自由になってここから出ていけたらどれだけ素晴らしいだろう。

「シュイ！　シュイはどこだ？」

やっと柔らかくなったパンを薄味のスープで飲み込みながらもそもそと食べていると、突然、奴隷頭が食堂に怒鳴り込んできた。呼んでいるのは自分の名前だ。シュイは返事をしようとして思わず噎《む》せてしまった。エハが呆れた様子で背中を摩《さす》ってくれる。

「こ、ここです」

「すぐ来い！」

奴隷頭は命じると食堂を出ていった。奴隷上がりで今は屋敷の使用人扱いの奴隷頭は、薄汚れた奴隷用の区画にはほんの少しでもいたくないらしい。その奴隷頭がわざわざ奴隷用の食堂まで一人の奴隷を呼びにくるとはよほどのことだ。

「シュイ。お前、何かしたのか？」

隣のエハが心配げに聞いてくるのに、シュイは頭をぶんぶんと振った。

「俺、今日はちゃんとやったよ」

シュイは反芻《はんすう》してみる。確かに他の者よりは働きが悪かったかもしれないが、今日は転んで煉瓦を落としたりしていないし、手が遅いと鞭を受けてもいない。

「あ。薬の日かもしれない」

思い当たってシュイは表情を曇らせた。シュイは月に一回、生まれつきの持病のために薬を飲むことになっている。

「ああ。あのひでえ薬か」

飲んだことのないエハまで嫌そうな顔になった。

薬は酷《ひど》く不味《まず》い上に、飲むとまともに立っていられないくらいの目眩《めまい》と全身の痛み、さらには肌の痒《かゆ》みに襲われて、丸一日動けなくなる。正直、殴られるよりも辛《つら》い。しかも薬はそれなりに値が張るらしく、ただでさえ使えないのに穀潰《ごくつぶ》しだと奴隷頭から忌々《いまいま》しげに言われ、殴られたり蹴《け》られたりする。

「一緒に行ってやろうか？」

エハの言葉にシュイは少し悩んだが、断った。

「大丈夫。いつものことだから。ありがとう、エハ」

シュイはなんとか笑みを浮かべ、残りのパンとスープをかっこんでから、食堂の入り口に駆けていった。

すっかり日が落ちて薄暗い外は気温が急激に下がっている。シュイは身震いしたが、上着なんて上等なものはないから我慢するしかない。

「遅い！」

「すみませ……」

「来い！」

「あ、は、はい」

奴隷頭は松明《たいまつ》を手にしてシュイの謝罪の途中で建物の外に連れ出した。

「こいつか？」

薄闇の中に、横幅が奴隷頭の倍以上もある男が立っていた。男が首や両手に纏《まと》っている大粒の宝石が松明の火をぴかぴかと反射し、顔が判別できた。

「ご、ご主人様……っ？」

シュイが遠目にしか見たことのない主人がそこにいた。

「はい。旦那様、こいつがシュイです」

「あっ」

奴隷頭はシュイを主人のドランの前に放り出した。

シュイは転びながら平伏した。砂利が掌《てのひら》に食い込むが構っていられない。主人がいるなんて予想もしていなかった。用件は薬ではなかったのか。一体自分はどんな粗相をしてしまったのかと冷や汗をかきながら砂埃の地面の上に額を擦《こす》り付ける。

「顔を上げさせろ」

ドランの命令に従って奴隷頭がシュイの顔を無理やり上向かせ、松明を近付けてきた。炎がすぐそこで、動いたら火傷をしそうでシュイの身は竦む。

橙色《だいだいいろ》の炎にシュイの強張った顔が照らされる。ぼさぼさな上に、外での仕事を終えて砂で汚れた赤髪。赤く焼けたガサガサの肌の中に埋まった、やけに明るいぎょろりとした灰色の瞳。

「なんて醜いんだ。オメガのくせに」

ドランは豚のように丸い顔を不快げに歪《ゆが》めて口元を羽扇子《はねせんす》で覆った。

前半はよく言われることだったのでシュイは諦めとともに聞き入れた。だが、後半に出てきた単語は理解できなかった。

「はあ。お前しか男のオメガがいないのだから仕方ない。しかし、この容姿ではマザク様になんて言われるか……」

ぶつぶつと呟《つぶや》くドランの口から再び出てきた同じ言葉。聞き間違いではなかった。

「オメガ……？」

夕方にも奴隷達の話に出てきた、化け物の名前だ。

「そうだ、お前はオメガだ」

ドランはこともなげに肯定した。

「俺が？　ま、まさか！　俺はそんなんじゃない！」

冗談にもほどがある。一体どこをどうしたらそんな間違いができるのか。シュイはそう思って否定したのに、ドランの表情は変わらない。

「いいや、お前はオメガだ。今まで普通に暮らせてきたのは発情の抑制薬を飲ませていたからだ」

「発情……？」

オメガは年に何回か発情するという。男、特にアルファと呼ばれる存在を強烈に惹《ひ》き付ける匂いを発して誘惑し、所構わず盛るらしい。

男に組み敷かれる自身を一瞬想像して、シュイの全身に鳥肌が立った。

シュイはこれまで一度としてそんな情動に衝き動かされたことはない。

「薬……」

確かにシュイは薬を飲んでいる。だが、それはシュイの持病の治療のためのはずだ。そう思って毎月薬を渡してくれていた奴隷頭に目を向ける。しかし、奴隷頭は驚く様子もなく、シュイを冷ややかな瞳で見下ろしていた。

「お前、辛《かろ》うじて精通はあったようだが、誰とも寝ていないし、自慰もしていないだろう？」

「なっ」

ごく個人的な部分を暴かれてシュイは絶句した。

確かに自分は奴隷だが、そんなことまで管理されていたなんて思ってもみなかった。奴隷頭は小馬鹿にしたように鼻を鳴らす。

「お前は特別だ。万が一にも発情して盛られたら迷惑だからな。奴隷どもの何人かにそれとなく見張っておくように命じておいたんだ」

シュイは拳を握った。命じられたのはエハではないだろう。エハはシュイの淡白さに呆れて心配までしてくれたし、シュイにそんなことはしない。では、誰か。シュイをいつも邪魔そうに蹴ってくる年嵩《としかさ》の奴隷か、何かと突っかかってくる同い年の陰険なあいつか。どちらにしてもそんなことを監視されていたなんて、酷い辱めを受けた気分だった。

「まあ、お前みたいな小汚いのを相手にしようとする奴はいないだろうが。お前がそういうことをしたくならないのは、発情を薬で抑え込んでいるからだ」

「そんなの……」

薬が本当に奴隷頭やドランの言うように発情を抑えるためのものだったら。シュイが普通以上に性への欲求が薄いのも、薬のせいだったとしたら……。

自分は本当にオメガなのか。

不安な気持ちがシュイの中に一気に膨れ上がる。まさか、ありえない、と思うのに、もしかしてと考え始めてしまう。

「わざわざ馬鹿高い薬を取り寄せてやってたんだぞ」

感謝しろとドランが息巻く。

「どうして？　なんのために？」

「オメガは好事家《こうずか》に高く売れるからな。せっかく珍しい商品を手に入れたと思ったのに、黒国と結ばれた保護条約のせいで存在を隠しておくしかなくなったんだ。まったく、黒国のアルファめ」

ドランが金ピカの指輪の嵌まった太い指をぶるぶる震わせる。保護条約とはなんのことかシュイには見当もつかなかったが、そんなことよりもたった今突き付けられた事実が重過ぎて頭が回らない。

「だが、秘密裏にお前を買いたいという御仁《ごじん》が現れたのさ。高い金を使って手元に置いておいた甲斐《かい》があった。お前には女として領主のマザク様の妾になってもらう」

「妾？　俺は、男で……」

「だからお前はオメガだと言っただろう。オメガなら男でも子供を産める」

ドランは頭の悪いガキめと、羽扇子をぶんと振った。

「俺が、オメガ。……子供を、産める」

自分で呟いてシュイはぞっとする。まさか、自分は男だ。そんなわけはないと、自分で自分の貧弱な身体を摩《さす》る。

子供を産めるのは女性だけだ。犬でも猫でも鳥でも、男が子供を産む動物なんてどこにもいない。その絶対不変のはずの理《ことわり》を歪める存在がオメガだ。だからこその化け物だ。

「ここだけの話、マザク様は生粋の男色家なんだ」

「領主様が男色家？」

男色家の意味はシュイにもわかる。赤国では貴族や金持ちが多くの女性を囲うため、圧倒的に女性が足りない。そのため、庶民や奴隷の間では女性の代わりに男性を抱く者が少なくない。

だが……。

「偉い人は、男なんて抱く必要ないんじゃ……」

赤国では男色は表向き忌避されている。男同士で交わることは、赤国の敵であるアルファとオメガの交わりを彷彿《ほうふつ》とさせるからだ。実態は必ずしもそうではなく、立場に拘《かかわ》らず道楽の一つとして男も抱く者も多いらしいが、領主のような立派な身分の者が生粋の男色家とは俄《にわ》かには信じ難《がた》い。

「仕方ないだろう。女相手にはこれっぽっちも反応しないらしくてね」

ドランは口元を羽扇子で隠して厭《いや》らしく笑う。

「だが、マザク様はご自身の血を引く跡取りが欲しい。そこでオメガに目を付けたというわけだ。マザク様には男のオメガが必要なんだよ。なに、悪い話じゃないだろう？　お前は表向きは領主様の妾になるんだから。今よりはずっといい生活を送れるだろうさ」

「嘘《うそ》だ。もし本当に男色家だったとしても、化け物を妾にするなんて」

シュイにはとても理解できない。

「はっ。今更だな。お前達下民は知らないだろうが、この国ではオメガは昔から金持ちや権力者の性奴隷なんだよ。外聞が悪いし、今は保護条約があるから大っぴらにはできないがな」

「性奴隷……」

「それに、オメガの子供でもベータなら、それ以降の子孫にはオメガとの間でもなければオメガは現れないからな。ベータを産ませれば母親はオメガでも問題ない」

さあ準備をしろとドランが顎《あご》をしゃくって奴隷頭に促す。奴隷頭の手がシュイに伸びてきた。

「い、嫌だ、行きたくない！　俺はオメガなんかじゃない！」

どんなに上等な生活を送れるとしても、自分が化け物だなんて認めたくなかった。男に抱かれるのも子供を孕むのも絶対にご免だ。泣き喚《わめ》くシュイに、奴隷頭が腰に携帯している鞭を振り下ろした。

「っ！」

鋭い痛みが背中に走った。シュイはいつもそうしているように悲鳴を押し殺した。大声で叫んだらもっと痛くされるからだ。

「おい、これ以上傷は付けるな！　大切な商品だぞ」

二振り目に身体を竦ませていたシュイだったが、ドランが奴隷頭を止めた。

「も、申し訳ありません！　ちっ、この化け物め。

さっさと来い！」

奴隷頭は強張ったままのシュイの腕を乱暴に摑《つか》み、引きずっていこうとする。

そのときだった。近くの灌木《かんぼく》の茂みからガサガサと音がした。

「誰だ！」

「エハ！」

松明が照らし出す中に現れた茶色の頭はエハだった。心配して来てくれたのか。唯一と言ってもいい、頼れる存在にシュイの灰色の瞳がじんわりと熱を持つ。シュイはオメガなんかじゃない、そう言って欲しかった。

だが、その前にエハは危機に陥った。

「貴様、盗み聞きしていたのか。今のを聞いていたら生かしておくわけにはいかないぞ」

奴隷頭が鞭ではなく懐《ふところ》に入れていた短剣を手に取ったのが見えた。

「待って下さい！　エハは関係ない！　やめて、やめろ！」

「このっ、離せ！」

シュイは奴隷頭に飛び付いたが、腕の一振りで地面に転がってしまう。

「ご主人様！」

エハは争うシュイ達を無視してドランに向かって平伏した。

「どうか俺も領主様のもとに連れていって下さい」

「え……？」

エハは奴隷頭に腕を拘束されたシュイをちらりとも見ず、媚《こ》びた様子でドランの足元に跪《ひざまず》いた。

「いくらオメガだって、こんなみすぼらしい奴じゃ、領主様も納得できないでしょう。俺なら領主様に気に入られると思いませんか？」

「エハ……？」

両手を握り合わせ、にっこり笑ってエハは主人を見上げる。

「貴様、厚かましいにもほどがあるぞ！」

「やめておけ」

ドランが奴隷頭を制した。ドランはエハの顔をじっくりと検分してから、なるほどなと頷いた。

「こいつの言うことは確かに一理ある。このオメガの醜さは想定外だった。そうだな。マザク様のところでもそれが男のオメガだとばれないように世話をする者がいるだろう。オメガと一緒にマザク様に買っていただいた方が処分するより金になる」

このご時世に稼いでいるだけあってドランは抜け目がなかった。すぐに自分の利になる算段をする。

「ただし、秘密を誰かに漏《も》らしたら命はないと思え」

「あ、ありがとうございます！」

ドランの脅しに対してエハは満面の笑みで礼を言い、深く頭を下げた。その目が、一度だけシュイに向けられた。


「エハ……」

「近寄るな！」

エハの顔には今までシュイに向けたことのなかった嫌悪が浮かんでいた。

「俺を差し置いて、お前みたいな奴が領主様の妾だなんて」

「それは」

「オメガだったなんて。よくも俺を騙《だま》していたな、化け物」

家族同然と思っていたエハの言葉に、シュイは、最初に告げられたときよりも、自分で口に出したときよりも、ずっと深く胸が苦しくなった。

エハの恨みが込められた視線にシュイは唇を嚙み締める。

「おい、せめてその薄汚れた格好を綺麗にしておけ。街の屋敷で化粧でもさせるとして、砂まみれのままで荷馬車に乗られたらかなわん」

ドランが奴隷頭に命じる。

奴隷頭はなんで俺がと言いながら、シュイを井戸に連れていった。

シュイは頭から冷えた水をぶっかけられ、全身を馬用のブラシで乱暴に擦られた。おかげで肌は真っ赤になり、さらに見た目が悪くなった。次いで真新しい女物の服を着せられた。

「これ……」

「お前はこれから女になるんだ」

奴隷頭はにやにやと笑い、人目を避けながらシュイを荷馬車に連れていった。濡《ぬ》れた髪が夜気に冷やされて身体の震えが止まらない。荷馬車には幌《ほろ》がかけられていたが、月明かりがうっすらと忍び込んでいる。シュイは頼りない光の中、身体を摩って少しでも暖かそうな場所を探す。

「エハ」

荷馬車にはエハもいた。寒い夜にはエハと身を寄せ合って暖《だん》を取ったことを思い出し、思わずシュイはそちらに行こうとした。

「来るな、化け物」

「っ」

シュイはその場に腰を下ろした。

無言が続く。エハは眠ったのか動く気配もない。シュイ一人で寒さに震えるしかなかった。

夜が明けると、ドランがエハとシュイがちゃんと荷馬車に乗っていることを確認しにきた。二人の顔を見て、ドランは声をかけることもなく去っていった。荷馬車はそのまま屋敷を出発した。扱いは荷物と同じだった。ドランにとってはただの商品なのだろう。シュイも、エハも。

○　○

太陽がもう少しで中空に差しかかるという時刻だ

ろうか。

シュイとエハが乗せられた荷馬車は、まばらに緑が現れる以外には、ただひたすら岩と砂ばかりの不毛の地が広がる世界を、砂埃を上げながら進んでいた。二頭立ての荷馬車の前にはドランの乗る一人乗りの上等な箱馬車が先行していて、その両脇には、噂《うわさ》の盗賊を警戒して騎馬の護衛が付き従っている。

出発してから何度目か。幌の隙間《すきま》から外の様子を窺《うかが》ったシュイは、荷馬車の中で骨ばった膝《ひざ》を抱えて蹲《うずくま》った。

「あーあ。本当に優しくしてやって損した。まさかオメガだったなんて」

狭い場所で、その言葉はしっかりと耳に入ってきた。向かいに目をやったシュイは、険しい眼差《まなざ》しに出会い、唇を噛んだ。暗がりの中、エハはシュイと同じように荷物の隙間に嵌まり込むようにして座っている。幌の中に籠る熱気が息苦しい。

「エハ、俺は……」

「名前を呼ぶな。汚らわしい」

勇気を出して呼びかけたのを拒絶され、シュイの鼻につんと鋭い刺激が走った。灰色の瞳に薄い膜が張る。正直泣きたかったが、そうするともっとエハの機嫌を損ねてしまうのは間違いなかったから、必死で涙をこらえた。それに泣いたって何にもならないことは、五歳で親に売られてから十二年も奴隷をやっていればよくわかる。

「そんなみすぼらしくて、顔だって大したことないお前がオメガだなんて」

エハはなおもぶつぶつと憎しみの言葉を吐き続けている。

ガタガタと揺れる振動音が全部掻《か》き消してくれたらいいのにとシュイは思ったが、そう上手《うま》くはいってくれない。

荷台を覆う幌の隙間からは白い光がまばらに差し

込んでいる。そこに翳《かざ》すようにして自分の手を見る。

「俺、汚いよな……」

改めて、赤かったり白っぽかったり青黒かったりする自分の肌を眺めて、思わず掠《かす》れた声が漏れた。

エハの言う通り、シュイはみすぼらしい。でも、青黒さの原因である折檻を受けた後に熱を出したシュイの看病をしてくれたのも、ときには庇《かば》ってくれたのも、エハだったのに。

『お前は本当にとろいな』

エハはそんなことを言いながらも決してシュイを見放さなかった。エハにだけはみすぼらしいなんて言われたことがない。そんなエハが、シュイがオメガだったという事実だけでまるでゴミでも見るような眼差しを向けてくる。本当はエハもずっとシュイを醜いと思って疎んじていたのだろうか。

(オメガ……)

シュイはその存在を名前でしか知らなかった。

この赤国にはベータしかいないはずなのに。

(俺がオメガなんて、嘘だ……)

どうしても信じられないし、信じたくない。シュイは立てた膝に顔を埋め、頭から被《かぶ》せられている布で視界を完全に覆った。そうすると、気のせいだろうが周囲の音も少しだけ掻き消してくれる気がした。

シュイの上半身には腰までの長さの布が頭から被せられて、口元を覆うようにして留められている。外からは目だけが見える。全身を布で覆う衣服は、赤国の上流階級の女性の普段着だ。昨晩までの擦《す》り切れたボロのような衣服に比べれば上等すぎるものだが、女物と思うと憂鬱《ゆううつ》になる。「お前はこれから女になるんだ」という奴隷頭の声が耳にこびりついて離れてくれない。それに通気性はよいがざらつく麻でできた布が、昨晩散々擦られてヒリヒリしている肌を刺激して痛い。

対してエハが着ているのは、清潔な男性ものの衣服だ。ゆったりとした七分袖の上着は膝まで丈があり、ズボンは踝《くるぶし》まである。こちらも奴隷のものよりは格段によいが、シュイのものに比べると生地も縫製も劣る。それもエハは気に入らないらしい。

「なんで俺がオメガの従者扱いなんだよ」

エハはもうシュイの名前すら呼んでくれない。シュイは溢《あふ》れそうになる涙を我慢するために、抱えた膝に閉じた瞼《まぶた》を擦り付けた。

ガタゴト揺れながら馬車は進む。道が荒いのだろう。シュイは五歳のときに両親に売られてドランのもとに来て以来、屋敷の外に出たことがない。外の記憶はほとんどないが、砂と岩だらけの荒地や切り立った崖が延々と続いているのは屋敷から眺めて知っている。

「エハ。街にはさ、美味《おい》しいもの、あるよ、ね……」

シュイはなんとか勇気を振り絞ってもう一度エハに語りかけた。だが、エハはじろりと一睨《ひとにら》みしてきただけで、返事はくれない。

「ごめん……、俺……」

何がごめんなのかもわからない。それでも謝らなきゃと思ったのに、嗚咽《おえつ》が零れそうで最後まで声にならなかった。

エハの語る夢のとおりに一緒に外に出られたが、それは決してこんな形ではなかったはずだ。

「落石だー！」

不意に外から叫び声が聞こえてきた。地響きのような轟音《ごうおん》が鳴り響いたかと思うと馬車が横転するのではないかというくらい大きな衝撃が走った。馬車は大きく揺れながら停まった。中の荷物があちこちに倒れ、転がり、シュイにもぶつかってくる。

「な、なんだ？」

エハが辺りをキョロキョロと見回し、御者台《ぎょしゃだい》と荷台を区切る壁に設けられた小窓を開ける。辺りはもうもうとした砂煙に覆われていた。

目を凝《こ》らすと、荷馬車と前を行っていたドランの乗った一人乗りの馬車との間に丸い岩が転がっているのが見えた。どうやら馬車は峡谷を走っていて、崖の上から岩が落ちてきたらしい。

「また落ちてくる！」

「おい！　上に人がいるぞ！」

「こりゃ、ただの落石じゃない！　盗賊の襲撃だ！」

誰かの悲鳴が聞こえてきた。逃げろ、という怒号が聞こえてくる。

「盗賊って」

シュイは青ざめた。財産を奪われるだけならマシな方で、居合わせた者は全員殺される。顔を見られたら滅多刺しの上、生きたまま火を付けられる。奴隷達の間で囁《ささや》かれていた残虐な略奪行為の噂を思い出して身体がガタガタと震える。

「ワ、ワシの荷を！」

ドランが叫んでいる。

「諦めて下さい！」

ドランを窘めているのは護衛の声だろう。

「お前、何のための護衛だ！」

「この人数であんな数の盗賊に立ち向かえるわけがない！　命か荷物かどっちか一つだ！」

ドランは嫌だ嫌だと喚いていたが、再び落石がドランの馬車を目がけて落ちてきたのが決定打になった。

「ま、待って！」

エハが小窓から外に向かって叫んだが、前方から馬車が遠ざかる音がして、ほとんど同時に背後から荒々しい蹄《ひづめ》の音が響いてきた。近付いてくるその音だけでも盗賊の数が十ではきかないことがわかる。

「あいつら、俺達を置いて逃げやがった」

エハが恨みの声を上げる。

「あっ！　待てよ、俺達も連れていけ！」

「無理だ。勘弁してくれ！」

荷馬車の御者も荷馬車を牽《ひ》く馬の一頭を繋ぐ綱を切り、その背に乗って逃げてしまう。正真正銘、シュイとエハの二人だけが取り残された。

「もう一頭の馬を……。いいや無理だ。走って逃げるしかない」

エハは辺りを見回しながらぶつぶつと零し、シュイをちらりと見てきた。シュイはどうしたらいいかわからずに座り込んだままだ。

「おい、逃げるぞ！」

「に、逃げるって、どこへ？」

馬は一頭残されているが、シュイもエハも馬には乗れないし、逃げる先の当てもない。外に出たところで荒れ地の峡谷には隠れる場所すらない。

「知るか。とにかく逃げるしかないだろ！　クソっ」

詰《なじ》ったエハは怒った顔で数歩戻ってシュイの腕を掴み、荷馬車の幌の外に引っ張り出そうとする。だが、エハは止まった。

「ははっ、なんともまあ最高の位置に落ちたな。護衛どもは消えてお宝だけが残ってるぞ！」

「こりゃあ楽だ！」

「だけどお頭、皆殺しにしなくてよかったんですか？」

「ああ？　俺達の顔も見ずに逃げたんだから構わんだろうよ。それに俺達は同じ場所じゃ商売はしねえから、今から警邏《けいら》や領兵を呼ばれたところで痛くも痒くもねえ」

「さすがお頭！」

外でダミ声の会話が繰り広げられている。連続する落石の音に紛れていつの間にかこんな近くまで来ていたらしい。

「さて、悪徳奴隷商人が自ら運んでた荷だ。どんなお宝があるかなあ」

誰かが馬車に近付いてきた。エハはシュイの腕を掴んだまま、一歩、二歩と下がる。だが、無情にも幌の入り口が跳ね上げられる。

「ひっ」

シュイは短い悲鳴を上げた。エハが痛いくらいに腕を摑む手に力を込めてくる。

外には騎馬の厳《いか》つい男達がずらりと並んでいた。その数、三十人はいる。口元を覆う覆面、鋭い目付きや頰《ほお》の傷、毛むくじゃらの筋骨隆々な身体など、逆光の中でも見るからにならず者とわかる風体《ふうてい》だった。非力な奴隷が震え上がるには十分な光景だ。

「女だ！　女がいるぞ！」

幌を上げた盗賊が女物を着たシュイに気付く。盗賊達は歓声を上げて馬から次々に降りてきて、そのうちの一人がシュイの腕をむんずと摑んでエハから奪い、馬車から引きずり下ろした。

「っ！」

外の眩《まぶ》しさに一瞬目の前が真っ暗になった。数瞬後に視界が回復すると髭面《ひげづら》の盗賊の顔が間近にあったものだから、恐怖のあまり声も出ない。盗賊達に囲まれたシュイはそのまま頭と呼ばれた男に地面に引き倒された。だが。

「なんだ？　この貧相なのは。しかもお前、男か！」

顔を覆っていた布を引き剝《は》いだ盗賊の頭はシュイの顔を見て怒声を上げる。

「こっちも男だが、顔はいいぞ！」

エハも他の盗賊に拘束されて、離せともがいていた。

「エハ！　やめろ、エハを離せっ！」

「うるせえ！」

シュイはエハに手を伸ばした。

頰を思い切り張られ、シュイの視界が一瞬真っ暗になる。口の中には砂が入り込んでじゃりじゃりする。

「お頭、早いもん勝ちでいいんですよね？」

「クソ、掟《おきて》だからな。仕方ねえ！」

「いやったー！」

エハの容姿のよさに、同じ男ならこっちが当たりだと盗賊が下卑た笑い声を上げた。

「こうなったら穴さえありゃあいい。殺されたくないなら黙ってろ！」

盗賊の頭はシュイが男だとわかってもなお犯す気でいるらしい。嫌だとシュイは必死で足掻《あが》いた。だが、もう一度同じ側の頰を張られ、地面に押さえ付けられる。男の体重はシュイよりもずっと重くて身動きが取れない。

「嫌だ、やめろ！」

悪夢のようだとシュイは思った。突然オメガだと言われ、男の身で領主の妾になれと言われただけでも信じられなかったのに、今度は暴力的に盗賊に犯されようとしている。夢なら早く覚めて欲しい。たとえ起きて待っているのが、朝から夕暮れまでの過酷な労働と、僅《わず》かな食事だったとしても、この悪夢よりは何倍もマシだ。

盗賊の手が裾を捲《まく》り上げ、下着の結び目を解き、シュイの股間を露《あら》わにした。嫌だと叫ぶシュイの両脚が無理やり大きく開かれる。

「なんだこりゃ。ここだけは肌が抜けるように白い。それにナニが美味《うま》そうな色をしてやがる」

みすぼらしいと蔑んだくせに、盗賊はシュイの繊細な部分を目の前にしてはあはあと鼻息を荒くし始めた。

「離せ！」

男の劣情を向けられるのが気色悪い。自由のきく両腕でめいっぱい暴れていると、他の盗賊がやってきて両腕を地面に縫い付けた。

「へへ。なんかわかんねえが興奮してきた」

両脚の間に入り込んだ盗賊の頭が自らの性器を取り出す。それはシュイに付いているものと同じと思えないほど醜悪な色と形をしていた。シュイの全身に鳥肌が立ち、ざっと血の気が引いた。

『オメガは男でも子供を孕める』

不意にその事実が蘇ってきた。

「いや、だ……」

犯されたら子供ができる。それは恐怖でしかなかった。

「嫌だ、やめろ、嫌だ――ッ」

シュイは絶叫し、あらん限りの力を振り絞って暴れた。だが、数人がかりで押さえ付けられていては少しも動けず叫ぶぐらいしかできない。しかもその抵抗が盗賊達をさらに煽《あお》った。

「いい声で鳴くじゃねえか。もっと鳴いてもらおうか」

性器を露わにした盗賊は舌なめずりをしてシュイに腰を密着させてきた。太腿《ふともも》の際どい部分にぬるついた先端が触れる。

「ひっ」

シュイはぎゅっと目を閉じた。

「ぎゃあぁ！」

だが、直後に響いたのは、シュイではなく盗賊の悲鳴だった。直後、シュイの上の重みが消えた。

「な、に……？」

シュイが閉じてしまった瞼を開けると、そこには一匹の犬がいた。白くて、見たこともないくらい大きな犬は、怒りに染まった瞳で盗賊の頭の腕をがっちりと噛んでいた。盗賊はなんとか逃れようともがいているが、犬はぐるぐると喉《のど》の奥で唸《うな》りながら一歩も動かない。

「こいつ！」

シュイの腕を押さえていた手下が犬に向かって剣を振り上げる。

「ウオオン！」

犬は盗賊の頭から口を離すと、素早い動作で剣を躱《かわ》し、その巨体で盗賊達を突き飛ばしていく。

「この犬め！」

盗賊の頭が剣を取って犬に向かった。だが、犬はその突進を掻い潜《くぐ》り、今度は太腿に噛み付く。

「ぎゃああ！　痛え！　離せ！」

犬に噛み付かれたまま、盗賊が剣を振り上げる。

「っ、危ない！」

シュイが犬に対して思わずそう叫んだときだった。

「全員動くな」

場違いなくらい静かな声が響いた。

「っ」

心を震わせるようなよく通る低音で、身体の隅々まで行き渡るような不思議な力を感じさせる。

「え……？」

瞬きをしたシュイは驚きに目を瞠《みは》った。

盗賊達がぴたりと動きを止めているのだ。

犬に噛み付かれている盗賊の頭も、犬に突き飛ばされて反撃に出ようとしていた盗賊も、エハを襲っていた盗賊も、襲われていたエハすらも。シュイの周囲にいる人間は全て、まるで時が止まったように動かなかった。

「なに……？」

静寂の中、蹄の音が近付いてきた。シュイはそちらを見る。

手綱《たづな》を引かれて前脚を上げ、急停止した馬には白い異国風の旅装束の男が騎乗していた。ちょうど背負った太陽のせいか、その全身が輝いているように見える。シュイは手で太陽を遮り、男を見た。だが、やはり光っているように見える。

「なんだ、てめえ……」

盗賊の頭がギリギリと歯を食いしばりながら男に問いかける。動きたいのに動けない。そんな様子だった。

馬上の男は馬から軽やかに飛び降りると、まっすぐシュイのもとに近付いてきた。男の全身はなおも淡く光って見える。服が白く、肌も白いようなので光が反射しているのかもとシュイは一瞬思ったが、やはりそうではない。

「だれ……？」

いや、そもそも人間なのか。光る人間なんてシュイは見たことも聞いたこともない。

「ウー、離していいぞ」

光る男の言葉に、犬が盗賊の頭から口を離して一歩退いた。

「伏せろ」

男が辺りを睥睨《へいげい》し、短く言葉を発すると、盗賊達が一斉にその場に両膝と両手を突き、まるで地面に縫い止められたような有り様になった。

「な、なに……？」

一体何が起きているのかシュイには理解できない。きょろきょろと辺りを見回すだけで精一杯だった。

「大丈夫？　間に合った、みたいだね」

男は酷く動揺するシュイの身体、特に露わになった下肢を確認しながら、すぐ前まで近付いてきた。

「ひっ！　来るな！」

異様な状況に、シュイは男から逃げようとして地面に尻をついたまま後ずさる。男がシュイの目の前で立ち止まり、驚いたように息を呑《の》む。

「動けるの？　君は、一体……」

男の澄んだ黒瞳にシュイの顔がいっぱいに映ると、男はぐしゃりと顔を歪ませるようにして微笑《ほほえ》んだ。

ふわりと、緊迫した状況にそぐわない、甘い香りがした気がした。

「ああ、そうか。そんな予感がしたんだ。やっぱりそうなんだね」

何のことかわからない。シュイは男を凝視した。

男の容貌《ようぼう》はとても整っていた。肩ほどまでの黒髪をゆるく括《くく》り、同じ色の瞳は澄んでいて優しげだ。長身で、筋肉がほどよく付いたしなやかな身体をしている。年齢は二十代前半から半ばか。もし、彼が人外の様子を見せていなかったら、同じ男でもシュイも見惚《みと》れていただろうとんでもない美青年だ。

だが、煌《きら》めく美貌も、今は恐怖の対象でしかなかった。光の残った身体も、男達を操ったようにしか見えない不思議な力も、普通の人間とは思えない。

「やっと、やっと会えた」

さらに男は意味のわからないことを口にする。間違いなく、シュイは男と会ったことはない。こんな印象的な顔を覚えていないわけがない。だが、男はそのままシュイの目の前で屈《かが》んで目線を合わせてくる。大きな黒瞳が、きらきらと輝いていた。

「あ、あんた、な、なにっ？」

シュイの動揺ぶりに、男は落ち着かせるように優しい笑みを浮かべた。

「ごめん、初対面なのに驚かせたね。でも大丈夫。俺は盗賊じゃない。君の味方だよ」

言いながら男らしい綺麗な指先がシュイの頬に触れた。

「っ！」

触れた瞬間、ビリビリとした刺激が走った。熱くて痛い。

「触るな！」

一体、今、何が起きたのか。シュイは恐慌状態に陥り、反射的に男を突き飛ばした。逞《たくま》しい身体はわずかに退いただけだったが、男はそれ以上に驚愕《きょうがく》していた。

「来るな、化け物！」

シュイが両腕で自分を抱くようにして男を警戒すると、男は辛そうな表情になった。

「化け物なんて……。ああ、そうか。これか。ごめん」

男の身体から完全に光が消えていく。

「これなら大丈夫？」

今度はゆっくり手を差し伸べられたが、とても取る気にはなれない。でも、男から目を離せない。睨み付けるように男の手と顔に交互に視線を巡らす。

男はしばらくシュイの警戒が解けるのをじっと待っていたが、諦めの溜息を零すと、肩にかけていた日差しや砂除けのための外套《がいとう》を脱いでシュイの露わになったままの下半身にそっと放ってくれた。

「いらな……」

いらないと、言おうとしたシュイだったが、そこからふわりと香る、とても甘くて心地よい匂いに思わず外套を引き寄せていた。男の温《ぬく》もりの残るそれを強く掻き抱いてしまう。匂いを吸い込むと、心臓、いや、腹のもっと奥底が心地よく脈打つ。

「……ウー。彼を頼む」

男がシュイを背にするように踵《きびす》を返すと、先ほど盗賊からシュイを救ってくれた犬がシュイの足元に寄り添ってくれる。大きくて、凶暴さを見せつけられたばかりなのに、犬には男ほど恐怖を感じなかった。自分を守るようにしてくれているからだろうか。

「っ、動ける！　この野郎、何しやがった！」

盗賊の頭が動けるようになったことに気付き、すぐに男に剣で飛びかかった。

盗賊の頭と男の身長はそれほど変わらないが、肩幅や筋肉の盛り上がりは盗賊の頭の方が圧倒的に広くて大きい。

「覚悟しやがれ！」

だが、男は腰に差していた短剣を抜くと、重そうな一撃を難なく防いだ。それどころか、軽く押し返してしまう。

「なっ」

「てめえ！」

他の盗賊達が次々と男に襲いかかるが、全て無駄に終わった。キンキンと金属の打ち合う音が小気味よく響く。大勢を短剣一つで相手しているのに男は

汗一つかいていない。まるで熟練の踊り子が舞う剣舞だ。盗賊達に比べれば細身の身体のどこにそんな膂力《りょりょく》があるのか。

「まさかこいつ、アルファじゃ！」

盗賊の一人が叫んだ。

「強えアルファは、身体が光るって聞いたことがあるぞ！」

「アルファだって?」

「まさか……」

男を取り囲もうとしていた盗賊達は一斉に一歩下がる。

「その通りだ。俺はアルファだ」

男はあっさりと肯定した。威風堂々とした姿に気《け》圧《お》された盗賊達は、また一歩下がった。

「アルファ……?」

シュイは男の外套を胸に抱きながら零した。

「アルファがなんでこの国にいやがるッ?」

「くそ、いくらアルファでも一斉にかかれば……！」

「今はお前達に関わっている場合じゃないんだ」

男は盗賊達を睥睨した。ただそれだけで盗賊達は震え上がった。男の身体が再び淡く光りだす。

「ひっ」

「邪魔だ、去れ」

ただ一言。

「に、逃げろ！　かなうわけがねえ！」

男の短い命令とともに盗賊達は我先にと逃げ出した。幾人かは転んだりぶつかり合ったりしながらも這々《ほうほう》の体《てい》で馬を駆って峡谷の外へと走り去っていく。

残されたのは、シュイと茫然自失《ぼうぜんじしつ》のエハ、それから光の消えた男と犬だけだった。

「助かっ、た……?　あっ」

盗賊達の乗る馬が上げる砂埃が彼方に消え、シュイは安堵《あんど》しかけたが、男の存在を思い出して慌てて気を引き締める。

アルファ。それはオメガと並んでこの赤国で忌《い》むべき存在だ。普通の人間よりも優れた体格と頭脳を持ち、人々を強制的に支配する。赤国が貧しく、盗賊が跋扈《ばっこ》するほど治安が悪いのだって、全て白国や黒国のアルファのせいだ。アルファは敵だ。

「そうだ、エハ！」

無事だろうかと慌てたシュイの視界にエハが立ち上がったのが映った。顔に殴られた痕があるが、服は乱れている程度だ。男物の服はズボンがある分シュイよりも手間取ったのか、最悪の事態には至らずに済んだらしい。

「あ、あの、ありがとうございます！」

シュイが安堵する中、エハはシュイには目もくれず、男のもとに駆け寄って、上気した顔で礼を告げた。琥珀色の瞳も声も明らかに目の前の男に対して好意を向けている。

「エハ……？」

そんなエハを、シュイは見たことがなかった。エハはいつだって生きるのに巧者で、上役《うわやく》や年長者に媚びてみせることはあったが、今はそうではなく、本当に高揚しているように見える。

「いや、大したことはしていない。大丈夫だった？」

男がそんなエハの様子に小さく息を吐き、優しげな笑顔で応じる。エハは頰をさらに紅潮させた。

「はい。お陰様で！」

「それならよかった」

「エハ！　そいつはアルファだぞ！」

シュイは思わず叫んでいた。

「は？」

エハがシュイを苛立《いらだ》った表情で睨み付けてくる。

シュイは負けなかった。

「俺達が奴隷なのも、赤国が貧しいのだって、全部アルファのせいじゃないか！　エハだって知ってるだろう？　アルファは悪魔だ」

赤国は長らくアルファの支配する白国の属国の立場に置かれていた。白国のアルファが激減し衰退するのに反して、赤国は蓄えた国力で近隣国を支配できるほどになった。これでやっと白国との隷属関係から逃れられると思ったところで、今度は同じくアルファを擁する黒国がやってきて赤国に対して様々な要求を突き付けてきた。結果、赤国は広げた領土を失い、貧しい国に逆戻りした。

シュイのように親に売られて奴隷になった子供が多いのも、突き詰めてみれば赤国を虐げる二つの国のアルファのせいだ。少なくともシュイ達はそう教わって生きてきた。

「それとこれとは別だろ。この人は俺達を救ってくれたんだ。失礼なことを言うな！」

エハは険しい口調でシュイを叱り付けた。

「だからって……」

簡単に信用していい相手ではないと続けようとしたシュイをエハがぎろりと見てきたのでシュイは口を閉ざして拳を握り締める。エハは満足したように再び男に向き直って笑みを浮かべた。

「あいつは無視して下さい。俺はエハと言います」

「俺はルサだ。君は？」

ルサと名乗った男は、エハに頷いた後、シュイを向いて名前を聞いてきた。

シュイはびくりと硬直した。ただでさえアルファという恐ろしい存在なのに、洗練された挙動の一つ一つや、何故《なぜ》かシュイを見るときにだけ眼差しに籠る熱に、どうしてかシュイの目線は吸い寄せられ、胸の奥底がぎゅっと苦しくなる。自分の身体なのに理解できない反応が男に対する恐怖をさらに駆り立てる。

「君の名前を、教えて欲しい」

ルサがゆっくり近付いてくる。

「来、来るな……」

シュイは外套の下で慌てて盗賊に解かれた下着の紐を結んで立ち上がり、後ずさると、ルサはぴたりと歩を止めた。

「ウー」

ルサを阻んだのはずっとシュイの近くにいてくれた犬だった。ウーというのは、名前だろう。シュイとルサの間に入り、両の前足で地面を踏み締めてルサにグゥゥと、威嚇《いかく》の声を上げる。

ルサは飼い犬の様子に目を細めた後、深い溜息を零した。

「ウーがそんな態度を見せるということは、君はオメガだね?」

「っ! どうして……っ」

「ウーはオメガが匂いでわかるんだ。それに、オメガが大好きなんだよ」

その通りとでも言うように、ウーが真っ白の毛並みをシュイの脚に擦り付けてくるという図体《ずうたい》に見合わない可愛らしい仕草で甘えてきた。尻尾がばさりと振られ、垂れた耳がパタパタと揺らされる。

「オメガの君の危険を真っ先に察知して、駆け出したんだよ。間に合ったのはウーのお陰だ。褒《ほ》めてあげてほしい」

ウーはルサがもう近付かないと判じたのか、警戒を解いた。ルサに向けていたのとは全く違う優しい表情で舌を出して、はっはっと、シュイを見上げてくる。「よくできたでしょう? 褒めて褒めて」と、言わんばかりの様子だ。獰猛《どうもう》な獣なのに、円《つぶ》らな瞳の純真さはどう見たって小動物だ。

「俺は、オメガなんかじゃ、ない」

しかし、シュイは頭を振りながら告げた。近寄るなと手で制すると、ウーが一歩下がり、きゅうんと悲しげな声を上げる。まるで自分が虐《いじ》めたようでシュイは少しだけ胸が痛んだ。

「嘘だ。そいつはオメガだ!」

横槍を入れてきたのはエハだった。ルサの横までやってきて、シュイを指差して告げる。

「こいつはオメガなんです。化け物のくせに昨日まで俺達と同じ振りをして俺達を騙してたんですよ」

「エハ……」

エハは嫌そうな顔でシュイを見てくる。アルファだというルサには笑いかけるのに。シュイは思わず灰色の瞳から涙を溢れさせてしまい、慌ててそれを手の甲で拭った。泣いてはいけないと自分に言い聞かせながら目をいっぱいに見開いて前を向く。

「オメガが化け物なら、アルファの俺もそうだね。君達ベータとは体格から違うし、君達にはない力を持っていたりする。さっきみたいな、ね」

「あ、あなたは俺達を救ってくれたし、化け物なんかじゃない！」

シュイに対するのとは全く違った様子でエハはルサに答えた。ルサが目を細める。

「アルファもオメガも、ベータと同じ人間だよ」

諭すように語るルサの黒瞳はとても悲しそうだった。先ほどルサを化け物と詰ってしまったことを思い出し、シュイは少しばつの悪い心持ちになる。エハは眉《まゆ》を下げて口を噤《つぐ》んでしまった。その視線がシュイに一瞬だけ向けられて、すぐに逸らされる。ルサに罪悪感を覚えたシュイとよく似た雰囲気だ。

エハのシュイを罵る言動には、戸惑いが混じっているように見える。さっきも一人で逃げずにシュイを連れていってくれようとしたことをシュイは思い出した。

（きっと仲直りできる。すぐじゃなくても、いつか）

ほんの少し希望が湧いてくる。ズッと鼻を啜って、顔を上げ、瞬きをする。そうすると太陽が涙を乾かしてくれる。太陽はシュイの肌を焼くが、勇気付けてもくれる。泣いたってなんの得にもならない。むしろ殴られたり、食事を抜かれたり、嫌な目に遭うだけだ。

「それより、君達は？　どこへ行くところだったのかな？」

ルサは笑顔でシュイとエハに問いかけてきた。

「あ、あの。俺達、ドラン様の奴隷なのですが」

シュイとエハの左足首には金属の枷が嵌まっている。誰が見てもわかる奴隷の証だ。

「ドラン？　この先の郊外に住む奴隷商人だね？」

「は、はい。あの、そいつが、領主様の妾として売られることが決まって」

エハはシュイを見ずに続ける。

「エハ！　それは誰にも言ってはいけないって……」

「うるさいな。俺達は見捨てられたんだ！　黙っていても仕方ないだろ！」

エハの言うことはもっともだったので、シュイは黙った。

「妾？　でも、彼は男のようだけど……」

ルサは考え込む仕草をする。

「オメガだから？」

「ええ、そうなんです。領主様は男色家らしくて。跡取りを産ませるために男のオメガが欲しいんですって」

ルサの表情が険しくなる。

「オメガを子供を産む道具として売買することは赤国と黒国との間で結ばれた保護条約で禁止されているはずだ」

「保護条約？」

エハが首を傾《かし》げた。

シュイはドランが昨日その言葉を口にしていたことを思い出した。

「そうだ。……二人に少し話をしたい。ああ、その前に治療だな」

ルサはエハとシュイに腰かけるように促した。指し示された岩陰に二人が座ると、ルサは自分の馬に荷物を取りにいった。

日が遮られて涼しくなったはずなのに、ゆっくり息を吐き出した直後、シュイはどっと汗をかいた。一頭だけ残った馬の繋がれた荷馬車と、進路を塞《ふさ》ぐ大小の岩。ルサが来なければシュイは犯されていたし、多分その後に殺されていた。

助かった。でも、盗賊の代わりに、アルファという名の悪魔が現れた。すっかり悪魔に心を許してしまっている様子のエハの分まで自分がしっかりしないとと、シュイは自分に言い聞かせる。

その悪魔は布袋を手にしてすぐに戻ってきた。ルサはシュイの前で跪くと、優しい笑みで見上げてくる。光は消えたが、やはり綺麗な顔だ。いや、光が消えてよく見えるようになった分、その整った容貌がさらによくわかる。黒瞳を縁取る睫毛《まつげ》なんて、シュイの知る誰より密で長い。

煌めく星を閉じ込めた黒曜石のような瞳にじっと見られ、シュイの心臓がどくんと大きく脈打つ。シュイは慌てて目を逸らした。ルサが苦笑する。

「名前を教えて欲しい。やっぱり駄目かな?」

改めて請われた。それでも、しばらくシュイは口を閉ざしていたが、ルサもじっと待つ。今度は引く気配のないルサに、シュイは諦めて口を開いた。

「シュイ」

「そう、シュイ。いい名前だ」

ルサは満面の笑みになる。シュイの心臓がまた大きく跳ねる。

「別に、普通の名前だ……」

嘘だ。シュイは自分の名前を特別に思っている。自分を売った両親がシュイに残した唯一のものだ。自分の名前を思うと両親への憎しみが燃え上がり、しかしすぐに悲しみの雨がそれを消して、心が湿気てしまう。

「そんなことないよ。シュイ、シュイ」

ルサは舌の上でシュイの名前を何度か転がすように発音する。その響きがあまりに甘ったるくてシュイは奇妙な気持ちになった。身体のあちこちがむず痒いようなそんな気分だ。自分の心の中のどこかでずっと降っている雨が優しいものになっていく気がして、その変化が怖い。シュイは咄嗟《とっさ》にルサを睨み付けた。

「もうやめろ！」

シュイの非難に、ルサは笑みを返してくる。

「ごめん、しつこかったね。そうだ、治療だったね」

シュイの名前を発音するのに満足したらしいルサは袋の中に入っていた掌くらいの小箱を開けて中身を掬《すく》った。

「っ、触るなっ！」

シュイは、指先が目と鼻の先まで迫ったところでルサの行動の意味に気付いてびくりと震えて身体を強張らせた。両腕を交差させて顔を守る。

出会ったときよりは恐怖は薄れているが、それでも触れられるのは怖かった。先ほど一瞬頬に触れられたときの衝撃が記憶に新しい。痛いわけではなかった。だが、なんと言うか、火傷しそうな錯覚を感じるくらい痺《しび》れて、まるで自分の世界が全て書き換えられてしまうような、そんな衝撃だった。

シュイの、まるで毛を逆立てた猫のように警戒した様子を見て、ルサが小さく溜息を零した。

「俺に触られるのは嫌？」

シュイは答えなかった。ルサは寂しそうに瞬いて、手を引っ込める。

「これはよく効く傷薬だよ。口の端が少し切れてるから、自分で塗るといい。他に怪我《けが》は？」

言われて初めて、先ほど盗賊に殴られた頬がじんじんと痛んでいることに気付いた。

「な、ない」

シュイは腕の隙間からルサの様子を観察した。

「じゃあ、あとはこれを頬に当てて。熱を吸い取ってくれるから、痛みが引くはずだ」

ルサはシュイの横に小箱を置き、次いで岩場の横にあった背の高い植物の肉厚の葉を短剣で器用に裂いて布に載せ、それもシュイに差し出してきた。

この植物はこの辺りによく生えていて、いくらでも手に入るから、奴隷達の間でも怪我や熱射病の治療によく使われている。

馴染みのある民間療法だったのでシュイの警戒心は薄れて、ルサの指に触れないように慎重に受け取った。頬に当てると、患部どころか掌までひんやりしたのに驚く。どうやらシュイが自分で思っていた以上に身体が熱を持っているらしい。

「君は?」

シュイから離れたルサは、シュイから少し離れた場所に座ったエハに向かう。エハは擦りむいたらしい掌をルサに見せた。

「砂が入っているね。先に洗った方がいい」

ルサはエハの手を取って水筒の中身で傷口を流し始めた。エハはぼーっとした顔で間近にしたルサの容貌に見惚れている。手際よく傷口を清めたルサは、袋からシュイに渡した物と同じ小箱を取り出して傷口に塗り始める。

(本当に薬、なんだ)

エハは薬を塗られてもなんともなさそうだ。シュイは悩んだが、ウーが心配げに見上げてきたのが後押しになって、自分も薬を口の端に塗った。少しじんとして、効いているような気がする。

「ありがとうございます!」

エハは手当が済むと、一層うっとりして包帯の巻かれた手をもう一方の手で大事そうに包み込む。ルサは少し困った様子で笑う。

「あの。俺、アルファの人なんて初めて見たんですけど、皆あなたみたいなんですか?」

「俺みたい？」

「すごく格好よくて、優しい」

エハは自分より背の高いルサを見上げ、はっきりと告げた。琥珀の瞳はうっすらと潤んでいる。

「ありがとう。そんなに立派なものじゃないけどね。さて、少し話をしようか」

ルサは褒め言葉に小さく肩を竦め、エハとシュイと向かい合える場所に腰かけた。シュイの足元にはウーが番犬よろしく地面に腹ばいに寝そべった。

「俺は黒国の人間なんだ」

黒国は赤国の北にある白国のさらに向こうの遠国だが、赤国人にとってあまり聞こえがよくない。エハもほんの少しだけ複雑そうな顔になった。

「名前は……さっき名乗ったね。俺はルサという。一応、薬の行商という形で出身とアルファということを隠してこの赤国の各地を旅している最中だ」

「一応？」

エハがしおらしい仕草で質問した。ルサがおもむろに頷く。

「君達は知らないようだけど、十二年前、黒国は赤国とある条約を結んだ。条約の締結をもって、黒国は赤国から完全に撤退した」

「それって赤国が黒国に侵略を受けたって話ですよね？　支配されなかったけど、いっぱい要求を突き付けられたって」

「赤国内ではそういう風に伝わっているみたいだね」

ルサは苦笑して頷く。黒い瞳が優しげに細められ、エハとシュイの目を順番に見詰めてくる。その眼差し一つに、シュイの胸は苦しくなり、冷やしているはずの頬がじんと熱を持つ。

この人は、どうしてこんなに怖いんだろう。唾《つば》を飲み込みながら、改めて思う。アルファというだけでも恐ろしいのに、言葉では言い表せない何かがある。

憧憬《しょうけい》を込めてルサを見ているエハが不思議でならない。エハだってシュイと同じようにアルファを悪魔だと認識していたはずなのに。そう思うのと裏腹に、何故かシュイは頬に当てているのとは反対側の手でルサの外套を縋《すが》るように握り締めていた。ルサは怖いが、外套から漂ってくる甘い匂いは、とても好ましくて心が落ち着くような気がするのだ。矛盾していると思うのに外套を手放せない。

「黒国は侵略なんかしないよ。あの国は基本的に外国に興味がない。口を出すのは、自国に影響が及ぶ可能性が高い場合と、オメガが関わったときだけだ」

「オメガ?」

話はルサとエハの二人の間で進んでいく。シュイはウーと一緒にじっと聞いていた。

「余所《よそ》からやってきたアルファと違ってオメガはこの周辺の土地に古くからいた存在だからね。当然、赤国にも存在していた。だけど赤国の人々が白国を恨み、白国を支配するアルファを忌避したために、唯一アルファを産めるオメガも迫害されるようになってしまった。同時に白国が過去に何度もこの辺りまでオメガ狩りの手を伸ばしてオメガを連れていったから、この国で生き残っているオメガはほんの僅かだ」

心臓がドキドキうるさい。自分のことだと、シュイは自身の胸に手を当てた。

「黒国は、赤国が他国をこれ以上侵略しないことと、赤国内でオメガが発見された場合、きちんと保護すること、あるいは、黒国に引き渡すことを条件に、赤国から引き揚げたんだ」

「それが保護条約?」

ルサは頷く。

「そう。もともと、黒国が赤国に干渉したのは赤国の侵攻に先手を打つためだけだったのに、赤国にオメガが僅かに生存していて、しかもその扱いがあまりに酷いことが発覚して、引くに引けなくなったんだ。黒国ではオメガは国を豊かにしてくれる優先されるべき存在だ。そのオメガが蔑《ないがし》ろにされているのを無視できなかった」

ルサの言葉をシュイは不思議な気持ちで聞いていた。化け物が優先されるだなんてやはり黒国とは理解できない恐ろしい国だ。

「だから保護条約の締結はちょうどいい落としどころだったんだよ。だけど、侵略戦争に失敗した赤国王家の支配力が低下したことや赤国王自身も条約を蔑ろにしたせいで条約は形だけのものになっていった。赤国では保護条約が国民のほとんどに知られもせず、未だオメガが表に出ないところで酷い目に遭っている」

ルサの瞳がシュイに向けられる。そこには何の嘘偽りもないように見える。澄んだ黒瞳に心の奥底まで覗かれているようで、シュイは思わずウーの背中に手をやった。

ウーがぺろりと手首を舐《な》めてくる。くすぐったくて驚いたけど、嫌な気持ちはしなかった。それをルサが何故か形良い眉をぐっと寄せて眺めてくるから、居心地が悪くてシュイは手を引っ込めた。

はあっと、ルサは気持ちを切り替えるように深い息を吐き出した。眉間《みけん》の皺《しわ》をぐいぐいと指で押して強引に解く。

「俺は黒国王と赤国王から監察官に任命されているんだ」

「監察官、って何ですか?」

相変わらず会話はルサとエハとの間だけで進む。

「条約がきちんと履行されているか各地を見回っている。赤国は国王が代替わりして、最近やっと保護条約について真剣に取り組み始めたんだ。黒国もそれと引き換えに援助を約束した。でも赤国に適当な人材がいなかったから、黒国から俺が選ばれたというわけだ。力のあるアルファは一人で大勢の兵士にも対抗できるからね。人手が少なくて済む」

シュイも、それから表情を見る限りエハも、初めて聞く話だった。遠い王都にいる国王が数年前に代わったという話だけはかろうじて耳にしたことがあった。

「俺がこの土地に来たのは、オメガが隠されているという噂を耳にしたからなんだよ。そして、君を見付けた」

ルサの眼差しがシュイに向けられる。

「俺……」

ルサは、保護条約に違反して売買されている「オメガ」を見ている。

「君を保護して売買している首謀者を捕まえるのが俺の仕事だ」

ルサは優しい声音だがはっきりと口にした。

「首謀者ってご主人様と領主様？　じゃあ、さっさと捕まえちゃって下さい！」

エハは高揚した声で応じた。自分達を扱《こ》き使い、虫けらのように扱う主人を奴隷達が好きなわけがない。

「そうはいかない」

ルサは否定した。

「どうしてですか？　ご主人様と領主様は悪いことをしてるんでしょう？　ぱぱっとルサさんが捕まえてしまえばいい」

「シュイの売買はまだ成立してないだろうから白《しら》を切られたらおしまいだ。それにオメガがシュイだけとは限らないからね。余罪も調べる必要があるし、他にオメガがいるならそちらも保護しないといけない」

「そんなの、捕まえてから白状させたら？」

エハの言葉にルサは首を横に振った。

「二人とも曲がりなりにも悪事で成功を収めている

ような輩《やから》だ。証拠がなければ自白はしないだろう」

「さっきのルサさんの力があればいけるんじゃないですか？」

期待に満ちたエハの質問をルサは再び否定する。

「確かに俺はアルファの中でも特に強い力を持っているから、俺が命令すれば相手はその通りにしてしまう。だから嘘の自白を強要すれば冤罪《えんざい》も作り放題だ」

「そんな、嘘の自白なんて……」

「でも第三者からしたら判断しようがないだろう？　どんなに正しくてもそれでは遺恨を残す。だから誰もが納得できる証拠を集める必要があるんだ。そして、罪を問うのも裁くのも赤国の人間でなくてはならない」

エハはわからないといったように首を傾げた。シュイもよくわからない。悪い人間というならどんな方法でもさっさと捕まえてしまえばいいのにと思う。


「難しいかな？　たとえ相手が犯罪者でも正しくない手段は使うべきじゃないってことだよ。今はわからなくても、いつかきっとわかってもらえると思う。さて、シュイ。君は証拠云々《うんぬん》の話を抜きにしても、保護対象だ。このまま安全なところに連れていこう。もちろん、奴隷でもなくなる」

「え……？」

あまりにも突然の奴隷からの解放宣言で、シュイは呆然《ぼうぜん》としてしまう。

「シュイ、だけですか？」

エハの低く零した言葉がシュイの目を覚まさせた。そうだ、エハはどうなるのだとルサを見る。ルサは申し訳なさそうに首肯した。

「悪いけど君は連れていけない。もちろん、ここに放置はしないけど、ひとまず君のご主人様のところへ戻ってもらうことになる」

「どうして？」

エハはぐっと歯を食いしばって説明を求めた。

「黒国はオメガの保護条約と同時に奴隷制度の撤廃を要求した。でも、当時の赤国王に拒まれた。奴隷に対して少なくとも衣食住の保障は義務付けられていて、生活水準自体は一般国民とそう変わらないからってね。黒国内でも奴隷制度まで一気に撤廃させるのは過干渉になるのではという意見が出て、それ以上は口を出せなかった。ドランの罪が確定しないうちにオメガでもない君を勝手に連れていくと、俺が奴隷財産を盗み出した犯罪者になってしまう」

ルサの説明に、エハは怒りと悲しみを我慢している顔をしていた。足首に嵌まった鍵付きの枷には全部違う記号が刻まれていて、国に届け出がされている。どこに行っても問い合わせれば持ち主がわかってしまう。たとえ逃げたとしても、奴隷だと発覚した途端、連れ戻されてしまう。ドランが犯罪者として捕まっても同じだ。金を用意して自分を買い戻さない限り、エハの奴隷身分は変わらない。新しい主人に買われていくだけだ。

「俺もご主人様のところに戻る!」

シュイは思わずそう言っていた。ルサとエハが驚いた顔でシュイを見てくる。

「お、俺はオメガじゃないから、保護されるいわれなんかない! あんたとは行かない!」

エハを放ってはどこにも行けない。たった一日で関係は最悪のものになってしまったけれど、ずっと一緒にいて助けてくれたのは目の前の男ではなく、エハだ。

エハが勢いよく立ち上がる。

「ば、馬鹿じゃないのか! 奴隷から解放されるんだぞ? 自由になれるんだぞ!」

「エハは黙ってて!」

シュイの本気を灯《とも》した灰色の眼差しに、眦《まなじり》を吊《つ》り上げたエハが黙って睨み返す。

しばらく膠着《こうちゃく》状態が続いた後、ルサが目を細め、深く息を吐き出した。

「君達はとても仲がいいんだね。じゃあ、シュイは連れていかないから、代わりに俺を君達のご主人様に紹介してくれないか？」

「え？」

降参とばかりに両手を上げながらされた提案は意外なものだった。

「君達のご主人様から領主様を紹介してもらう。君達のことは俺が守るよ。それに調査対象の懐にいれば犯罪の証拠も探しやすくなるから一石二鳥だ」

「領主様のところにルサさんを？　でも、ご主人様がなんて言うか……」

エハが心配そうに口にする。

「ご主人様に紹介してくれるだけでいいよ。あとは自分でなんとかするから、それだけでいい。もちろん君達に迷惑はかけないし、礼もする。そうだね、全部終わったら君達を俺が奴隷から解放するというのはどうだろう？」

「俺も？　本当に？」

エハの瞳がみるみる輝き出す。ルサはしっかり頷いた。

「約束する」

エハは歓喜に拳を震わせ、はっとした顔になる。

「でも、俺達、見捨てられて……」

「街まで送っていこう。きっと逃げた君達のご主人様もそこにいるはずだ。シュイが無事なら予定通りシュイを領主のところへ連れていくだろう」

「わかりました」

エハが決意を秘めた様子で頷いた。

「ただし、俺が黒国のアルファで、監察官だということは秘密だよ」

ルサが艶《つや》やかな笑みを浮かべて念を押す。エハの興奮が見るからに高まった。

「俺、ルサさんの役に立ってみせますから！　盗賊から救ってもらったご恩もお返しします！」

「ありがとう、エハ君。でも気持ちだけで十分だ。俺が守るとは言ったけど、完璧じゃないからね。危険なことはして欲しくない」

やんわりと窘められたのに、エハはもっと瞳を輝かせてルサを見詰め返した。ルサは苦笑して、シュイを振り向いた。

「君は？　シュイ」

ルサのシュイを呼ぶ声は何故か甘ったるい。しかもエハとは呼び方まで違う。

「俺は、エハがそれでいいなら。だけど、絶対、俺達に迷惑はかけるなよ」

シュイは手にしていたルサの外套を放り投げるようにして返した。

ルサは受け取った外套にそっと頬を付けた。一瞬だけ匂いを嗅《か》ぐ仕草をして、ルサはゆるゆると表情を緩め、優しく微笑んだ。

「わかった。絶対に悪いようにはしないから」

○　○

日干し煉瓦で造られた家々が並ぶ茶色い街に入る。御者台のルサは道行く人にドランの市街地の別宅の場所を聞くと、まっすぐにそこへ向かった。

シュイとエハは荷馬車の中で聞こえてくる音を聞いていた。

外は喧騒に溢れていたが、街並みを眺める心の余裕はなかった。屋敷を出たときと同じように荷物に挟まれてシュイとエハは向かい合って座っている。憧れた外の世界だが、これからのことに緊張しているため、二人とも無言だった。ルサの目論見《もくろみ》に合わせてドランに嘘を吐かなければならない。

ただ、エハは相変わらずシュイを無視しているが、昼までと違って機嫌がよさそうだ。御者台の方を何度も見ては思い出したように笑みを浮かべる。無理もない。ルサはエハにとって待ちに待った奴隷身分から解放してくれる救世主なのだ。

「君達のご主人様の別宅に着いたよ」

御者台からルサが声をかけてくる。シュイはごくりと喉を鳴らした。エハを見ると、エハもさすがに緊張した様子で、幌の隙間から外を覗き、耳をそばだてている。シュイもそれにならった。

別宅の門を通った途端、ドランがすぐに使用人達と一緒にやってきた。

「お前、その馬車！　それはワシのものだぞ！」

ルサは御者台からドランににこやかに応じた。

「ああ、あなたがドラン様ですか」

ドランはそれだけで怒鳴り声をぴたりと止めた。

「初めまして。ルサと申します」

「な、なん、なんだ。貴様は……」

言葉こそ偉そうだが、たるんだ頬には僅かに赤みが差し、ルサの際立って整った容貌と上品な雰囲気から目を離せない様子だ。

「実は旅の途中で彼らが立ち往生《おうじょう》しているところに通りがかったんですよ」

ルサはドランに対して下手《したて》に出ると、ひょいと御者台から降り、幌の中のシュイとエハをドランに見せる。

「お、おお！」

荷物も全て無事でドランは顔を輝かせた。シュイとエハの顔に少しだけ暴力を受けた痕があるが、他には怪我もなく服も破けていないことを、急いで確認したドランは、よかったとしみじみ呟く。五体満足で生きてさえいればドランには問題ないのだろう。

「馬が足りなくて移動もできずに困っていたようなので、俺の馬も使ってここまで一緒に連れてきたんです」

ルサの馬は、御者が乗って逃げた馬の代わりに馬車を牽いてきた。

「盗賊は？　盗賊はいなかったのか？」

「ええ。何故か獲物を置いていなくなったみたいでしたね。俺が近付いていったのを領兵か何かと勘違いしたのかもしれません。この子が先に行って吠《ほ》えてくれたので。俺の旅の相棒です」

ルサは飼い主の後に付いて御者台から降りてきたウーを示す。

「おお、なんて見事な猟犬だ。なるほど。領兵の警《けい》邏《ら》は犬を連れていますからな。確かにありうるかもしれませんな」

ドランはルサの言葉を素直に受け入れた。それどころか言葉遣いまで丁寧になっている。シュイは馬車の上で愕然としながら聞いていた。

確かにウーは立派な体軀《たいく》をしている。だが、普通に考えて、ドランがルサの言葉を信じるなんてありえない。盗賊が何も取らずに逃げ出したところに出くわしたなんておかしいし、たった一匹の犬で警邏が来たと勘違いして逃げ出すような間抜けな盗賊がいるはずがない。それなのに、ドランは自身の言動に疑問を持っていないようだ。

今は光っているようには見えないが、これも人を支配するというアルファの力の一端なのか。

シュイの疑念に気付いたのか、ルサが苦笑を浮かべる。シュイには、疑念を肯定しているようにしかとれなかった。

シュイは背筋を上った寒気にぶるりと震えた。噂のとおり、アルファは人心を操る悪魔なのだ。

「勝手に荷物をお持ちしておいておこがましいお願いなのですが、彼らはこれから領主様の屋敷に行くところだと聞きました。是非、俺もご一緒させていただけませんか？」

「あなたを領主様の屋敷へ？」

「ええ。実は、俺は薬の行商をしているんです。この辺りで商売をするのに領主様のお墨付きがあれば心強いですからね」

「ですが……」

ドランは渋った。

「そう言えば、このシュイですが」

ルサが目線を向けたのはシュイだ。シュイは再び布で顔を覆って隠していたが、ドランがはっとする。

「そ、そいつは……」

秘密を暴かれたことに気付いたドランがさっと青ざめる。

「少しだけ怪我をしていたので治療させてもらって、顔を見てしまって。それで事情を聞いてしまったんです」

「ち、違う！　これは、何かの間違いで」

慌てるドランに、ルサが笑みを向ける。

「決して口外しません。保護条約の締め付けが最近厳しいと聞いていますしね。俺は、領主様さえ紹介していただければそれで」

ルサはシュイの正体を知っていると脅しているのだ。オメガを子供を産ませるために売買しようとしていることと、領主が男色家だという特大級の秘密を握られている。年若い一介の行商人に、百戦錬磨のはずの奴隷商人は逆らえなかった。

「わ、わかりました。こいつのことを知られたんじゃ放っておくわけにもいかないし、マザク様との約束の時間が迫っている。ここで押し問答をしている暇はない」

ドランは唸りながら折れた。

「しかしあの方は厳しい方なので、ご紹介してもどうなるかわかりませんよ？」

「構いませんよ。よろしくお願いします」

ルサはほんの少しの会話でドランの信頼を勝ち取り、自分の希望を通してしまった。

「ね、なんとかなっただろう？」

ルサはエハとシュイにだけ聞こえるように言ってきた。エハは感激して、しきりにすごいすごいと繰り返している。

シュイは愕然とした。エハは自分のようには思わなかったのだ。いや、不自然さすら感じていないかもしれない。ルサの恐ろしさに気付いているのは自分だけだと痛感する。

やっぱり自分がしっかりしなくてはと気を引き締めなおした。

○　○

「うわあ、でっかい」

馬車から降りたエハが上を見上げてぽかんと口を開いた。街の中心にある領主の館はドランの屋敷よりもさらに数倍は立派なものだった。

役所と領主の住まいを兼ねている正面の立派な建物は脆《もろ》い日干し煉瓦ではなく、光沢を放つ白い切石を積み重ねて造られている。庭には緑が生い茂り、地下水を汲《く》み上げた水路が張り巡らされていた。夏の昼間なのに、ここだけは気温が低く過ごしやすい。

「こっちだ、来い。お前は決して顔の布を取るなよ」

ドランの言葉にシュイは頷いた。後ろにはルサが少し間を置いてぴたりと付いてきている。視界に入っていないのに、その存在を感じて息苦しい。

ドランの別宅で乗り換えた四人乗りの馬車は正門ではなく通用門らしきところから入って、広い庭の背の高い樹々が生い茂った中に停まった。樹々に覆われるように張り巡らされた煉瓦の塀の囲いがあり、そのさらに内側に小さな建物が隠されていた。

四角い箱のような形の一階建てで数部屋ほどしかなさそうだが、館の正門から見えた建物と同様に白い切石でできた見るからに頑強なものだった。ドランは周囲を見回してからシュイ達を急《せ》かすように建物の中に移動させる。

建物の中はひっそりとしていた。小さな扉の先は廊下になっていて、左右に一つずつ小部屋がある。右側は厨房《ちゅうぼう》のようだ。廊下の一番奥には他よりも立派な扉があった。

「時間通りだな」

「っ」

建物に入ってすぐの廊下の陰に初老の男が佇《たたず》んでいたのに、シュイは気付いていなかった。格好からして使用人のようだ。男は突然声をかけられてびくりとしたシュイ達を一瞥《いちべつ》してくる。シュイだけは少し長めに見つめられた。「オメガ」の自分を見られているのだと気付いて、シュイは言い知れぬ感覚に唇を噛み締めた。

「マザク様がお待ちだ」

初老の使用人は冷めた瞳でドランに告げた。ドラン一行は廊下を進んで一番奥の部屋に促された。

「来たか」

一番奥の部屋は、天井が高く、広々としていた。高い位置にある小さな窓から明かりが差し込んでいる。正方形の部屋の中心には天蓋の付いた大きな寝台があり、一角には分厚い絨毯《じゅうたん》が敷かれている。赤国では金持ちや偉い人は食事や休憩を地べたではなく絨毯の上で取る。そのための場所だろう。部屋には他には何もない。塵《ちり》一つ落ちていないし、寝台も絨毯も立派で真新しいようだが、寝食だけできればいいとばかりに調《ととの》えられた部屋に見えた。

その部屋でふんと鼻を鳴らし、一行を迎え入れたのは、四十代半ばの男だった。

全員が部屋に入ると、使用人が扉を背後にして直立不動になる。シュイ達を逃がすまいとしているかのようだった。

「お待たせして申し訳ございません」

ドランの慇懃《いんぎん》な態度から部屋の中にいた男が領主だとわかる。瘦《や》せぎすで濃い顎髭を蓄え、鷹《たか》のように鋭い眼光をしている。その視線を向けられたシュイはぞっと背筋の冷える思いがした。この男がシュイを買い、子供を産ませようとしている。盗賊にされた乱暴が脳裏に蘇って、シュイの身体が硬直した。

領主の視線はエハに向けられ、最終的にシュイに戻った。さらにその背後のルサにも向けられ、最終的にシュイに戻った。

「オメガはそれか？」

「は、はい。これです」

ドランがじっとりと汗ばんだ手でシュイを突き飛ばすようにして前に出した。

「顔を見せろ」

「はい！　おい、布を取れ」

ドランの命令に従って、シュイはもたもたと頭の布を取る。

「なんだこの醜いのは」

マザクは途端に眦を吊り上げた。無理もないとシュイは思った。ただでさえみすぼらしいのに、盗賊に頰を張られて顔の広範囲が腫《は》れ上がっている。

「オメガとはアルファを魅了するような美しい生き物のはずだ。私はこんな醜いモノを買った覚えはないぞ！」

「は。あの、その、ですから……」

本当ならドランは街の屋敷に到着した後、シュイに化粧をさせて少しでも見栄《みば》えよくしようとしていたらしい。だが、盗賊の騒動でその時間もなくなってしまったのだ。

「こんなモノにビタ一文払えるか！　いや、本当にオメガかも怪しいところだ」

「こいつがオメガなのは間違いありません！」

「ほう。ではその証拠は？　発情期はいつ来る？」

「そ、それは、その……。こいつには抑制薬を与えていたので、正確なところは……」

「発情の促進薬とやらを使えばすぐ来るだろう？」

「それが、異国から取り寄せようとしたんですが、厳しく管理されていて入手できませんで。あ、ですが、オメガの発情期は三ヶ月に一度だそうですから、数ヶ月のうちには必ず！」

「話にならん。たとえオメガだというのが事実だとしても、子供を孕めるのか？　孕めないなら存在価値もないぞ！」

マザクは今すぐドランの首を刎《は》ねるとでも言いそうな勢いで激昂《げっこう》した。

シュイは取った布を握り締め、ぎゅっと歯を食いしばる。自分が醜いことは百も承知だし、奴隷だということも身に染みて理解している。でも、オメガだという事実も受け入れられないうちに、何故こんな酷い言葉を投げ付けられなければならないのか。

「この子はオメガですよ。俺が保証します」

穏やかな声で割って入ったのはルサだった。マザクの視線がルサに向けられる。

「お前は？」

「私は薬の行商人でルサと申します。縁あってドラン様にご一緒させてもらいました」

ルサが優雅に挨拶をし、顔を上げてにこりと微笑むと、領主の表情の険しさが僅かに緩んだ。ルサの容貌にほうと感嘆の息を漏らしかけ、慌てて咳払《せきばら》いで誤魔化す。

「行商人？　ドラン、何故部外者がいるんだ？　私は事を内密にと命じたはずだが？」

「も、申し訳ありません。こちらに参るまでに色々とあり、彼にこれがオメガだと知られてしまい……」

ドランはさらに冷や汗をかいている。それをルサが庇った。

「本当に偶然なのです。ですがせっかくの機会ですので、この領内で商売をするために領主様の後ろ盾をいただけないかと、無理を言って連れてきていただいた次第です。それより、この子のことは俺に任せてもらえませんか？」

「なに？」

マザクの太い眉毛が訝《いぶか》しげに寄せられた。

「薬の行商人だと申し上げたでしょう？　若輩者ですが薬師《くすし》もしています。修業中ですが医師の心得も多少は。白国の王都や黒国の薬屋や診療所で修業した経験もありますので、オメガを診《み》たこともあります。この肌の状態は強い発情の抑制薬を使い続けた副作用かと」

ルサの見立てがぴたりと当たっていて、ドランが驚いた顔になった。

「ここに来るまでに彼を診察しましたが、これほど副作用が出ているということは、オメガとしても不完全でしょうね。このままでは発情するかもわからない。男性のオメガは発情している最中でなければ子供もできない。しかし、治療は可能です」

マザクはルサの全身を胡散臭《うさんくさ》そうに眺めたが、ルサは少しも動じない。シュイは、瞬いてルサを見た。診察など受けた覚えがない。ルサがシュイをちらりと見て、にっこり頷く。嘘を吐いているのだと直感した。

「ふむ」

騙されていることに気付かず、マザクは先ほどの怒りを完全におさめ、思案顔になる。

「貴様は見たところ、白国人のようだが」

ルサの服装と白い肌の色でマザクはそう判断したらしい。赤国人や黒国人は程度の差はあるが褐色の肌がほとんどで、ルサのような白い肌の人間は白国人に多い。

「ええ父も母も白国出です」

黒国人ではなかったのかとシュイは訝しんだが、ルサは両親の出生地だけを明らかにして白国人だとは言っていない。しかし、マザクはルサが白国人だと思い込んだようだ。

「やけに綺麗な顔をしているが、まさかアルファではないだろうな？」

「白国のアルファは国の建て直しに奔走していて、他国に行く余裕なんてありませんよ。赤国にいるわけがない」

「それもそうか。それに自尊心の高い白国のアルファが薬の行商なんてするわけがないな。黒国のアルファは保護条約の代わりに取り付けた約束で、特別な許可がない限り赤国には入国できないし。ということはやはりベータか」

マザクは納得した様子で頷いた。赤国にアルファがいるわけがないと誰もが思い込んでいる。アルファではないかという質問も、本気で疑ったわけではなかったのだ。ルサの力を見なければ、アルファだと言われたところで、シュイだって半信半疑だっただろう。

「惜しいな、もう少し背が小さくて細ければ、囲ってやってもよかったのに」

マザクはルサの全身を舐めるように眺めた後に零した。領主が生粋の男色家というのは本当らしい。

「そっちの男は？」

ふと、マザクはじっと黙っていたエハに視線をやった。

「これはエハと言います。このオメガの世話係にしてはどうかと思いまして」

ドランが慌てて説明しだす。

「奴隷にしては器量よしでしょう？　お安く、いいえ、ただで結構ですから！」

エハは一瞬むっとした顔をしたが、すぐに媚びた顔を作ってマザクを見詰めた。マザクの瞳に好色が宿る。

「なるほど、悪くはない。暇潰しくらいには使えそうだ」

マザクは頷いて、再びルサに向き合った。

「おい、ルサと言ったな。貴様、本当にそいつをまともに……発情して、子供を孕める身体にできるんだな?」

「ええ。お約束します。領主様のお気にされてるこの肌も綺麗にしてみせますよ。白国のオメガが使う貴重な美容薬があるんです」

「ほう。その話は聞いたことがある。この国でも貴族の女達が挙《こぞ》って求めているそうだな」

ルサは特別安く仕入れられる入手先があるんですと、もったいぶりながら頷いた。

「彼を妾にするのは領主様が納得されてからにするというのはいかがでしょう? 領主様の妾の披露目《ひろめ》の宴となればそれなりの金もかかるでしょうから、そうすれば無駄金も使わずに済む」

赤国では妾の子供にも家督を譲れるが、正式に迎えた妾の子供だけと決まっている。死後に自称庶子が現れるのを抑止するためだ。正式に妾にするには、妾の存在を公知とする意味で宴を開く必要がある。

「それなら私には損はないな」

「完遂の暁《あかつき》には領内で商売をするための後ろ盾と、報酬をいただければ」

食い付いたマザクに、ルサは微笑んで要求を口にした。マザクは機嫌を損ねないまま問い返してくる。

「具体的には?」

「赤国王が禁薬に指定した薬の作り方、とか」

マザクが、あれかと、一度シュイを見てルサに目配せをした。ルサは頷くだけで返した。

「よく知っているな」

「蛇の道は蛇と申しますでしょう?」

ルサは思わせぶりな笑みを浮かべる。マザクもにやりと笑い返した。

「どこの国でも欲しがる方は大勢いらっしゃるでしょうね」

「だろうな」

二人の間では通じ合ったらしい。

「抜け目のない奴め。わかった。やってみせろ。ただし後ろ盾も報酬もそのオメガをマシにして発情させたらだ」

「ありがとうございます」

マザクの返事に、ルサは大仰《おおぎょう》に頭を下げてみせた。

シュイには二人の言う薬は何のことかわからなかったが、ルサのお陰ですぐに妾にならずに済み、返品もされなかった。もし、返品されたらどんな目に遭っていたかわからない。ドランの屋敷に戻されて折檻されるならまだしも、役立たずと二束三文で劣悪なところへ売られたっておかしくなかった。

シュイはルサを見やる。ルサはシュイに優しげな表情で目配せをしてきた。ルサは宣言通り、シュイを守ってくれたのだ。

「ドラン、聞いていたな。代金はそのオメガがまともになって正式に妾にするときに払う。まともにならなければ返品のうえ違約金を請求してやる。いいな?」

「そんな殺生な!」

ルサとは反対にドランは悲鳴を上げた。

「払わないとは言っていないんだ。それに産んだのがオメガならお前にくれてやる約束だ。オメガを跡取りにするわけにはいかないからな。優秀なオメガなら何人でも孕むだろう。オメガが欲しい者が見つかれば大金で売り払える。こいつがまともなオメガになりさえすれば、お前にはいいこと尽くしではないか」

「マ、マザク様、それは」

ドランはルサの視線をちらちらと気にする。

「ああ、保護条約か。ふん、このオメガに関わった時点でこいつも共犯だ」

承知しているという風にルサが頷く。

「それに赤国では奴隷の子供は奴隷と決まっている。ベータと同じに扱うだけだ。特別酷く扱ってはいない。むしろ奴隷の身分で衣食住を保障し、保護してやっているんだ。何が悪い。このオメガだって子供を産ませるための道具じゃなく、奴隷のまま妾として迎え入れるにすぎない。領主の私が言うことが何か間違っているか？」

「め、滅相もない！　仰《おっしゃ》るとおりです！」

マザクの詭弁《きべん》に対し、ドランは揉《も》み手をしてマザクの言葉を肯定した。

「この領の法律はマザク様ご自身でございますから。いつもながらお見事な解釈です」

マザクの保護条約の自分勝手な解釈をドランは褒めちぎる。

「よろしい。おい、オメガ。お前にはこの建物をまるまるくれてやる。ここから絶対に出るんじゃないぞ」

マザクは扉の前に立っていた初老の使用人に目配せをする。

「あれを」

使用人はそれだけで理解したらしい。無表情のままシュイに近付いてきて、足元で屈んだ。

「な、何をっ？」

シュイの問いかけには答えず、使用人は淀《よど》みない仕草で奴隷の証の足枷に鎖を取り付け、がちゃりと錠をかけた。鎖のもう一方の端は寝台付近で床に打たれた杭《くい》に固定されている。

「っ」

重く冷たい感触にシュイは救いを求めるようにエハを見た。エハは驚いた顔をしていたが、シュイと目が合うと、慌てて目を逸らした。

「使用人達のこの離れへの入室は厳しく禁じているが、もし誰かに会っても絶対にお前がオメガであるとも男であるとも知られるなよ？　お前だけじゃない、お前達全員、これの正体を知られるようなことになれば打ち首にしてやる」

マザクはエハとルサにも告げると、ドランを連れて部屋から出ていった。エハは使用人が仕事の説明をするからと連れていく。部屋にはシュイとルサだけになった。

「こんなことをするなんて」

ルサは自分のことのように憤慨してシュイの足首を見下ろす。

「ごめん、黙って見ていて」

ルサは謝罪した。

「……」

「さっきのマザクの話を聞いただろう？　これが保護条約の、いや、赤国の現状なんだ。赤国王の目の届かない地方で、権力を握った領主達が好き勝手をしている。奴隷の身分で衣食住を保障しているだなんて詭弁《きべん》だ。オメガであることを隠すために、こうして閉じ込めたり、酷い薬を飲ませたりしている」

難しいことはシュイにはわからない。だが、これがシュイにとっての現実だ。

「鎖、今外すから」

「外す？」

どうやって。足枷そのものには鍵がかかり、鎖には錠がかかっている。シュイの疑問にルサはことなげに言う。

「こんな錠くらい、こじ開けられる」

「こじ開け……？」

「大丈夫。俺が文句を言わせないから」

シュイの驚愕の意味を取り違えたルサが力強い眼差しでシュイを見詰めてきた。

錠をこじ開けられるような怪力。誰にも文句を言わせないような人を操る力ときっと同じ異様なものに違いない。シュイの肌がざっと粟立《あわだ》つ。

「来るな！」

足元で屈んだルサの手をシュイは拒否した。鎖の嵌まった左足首を自分の背後に移動させる。じゃらりと重い音がした。

「でも、それじゃ不自由だろう？」

「あんたのそのおかしな力を使われるより、このままの方がマシだ」

それはシュイの本心からの言葉だった。

「おかしな力？　錠にはこれを使うだけだよ」

ルサは懐から細い棒を取り出した。鎖に対してあまりにも頼りない。

「そんなものでこんな頑丈なものを壊せるもんか。どうせ化け物の力で引き千切るんだろう。それに、文句を言わせない？　あの盗賊達も、エハも、ご主人様も、領主様だって、あんたの言いなりだ。俺の前でその力を使うな」

ルサが瞬く。密な睫毛が瞳の煌めきに影を落とした。

「アルファの力を使ったのは、盗賊達にだけだよ」

「信じられない！　だって、エハはともかく、ずる賢いご主人様があんなに嘘くさい話を信じるわけがない」

ルサは困った顔で僅かに首を傾げる。完璧と言っても過言ではない綺麗な顔に切なげな表情が浮かぶと、何故か自分の方が悪いことをしたような気になってくる。

「い、今も使ってるだろ！」

「今？　今は何もしてないよ」

ルサはきょとんとして答えた。少ししてもシュイが警戒を解かないので、仕方ないなとばかりに瞬きをする。

「本当にしていない。ただ、俺の容姿やアルファとしての生来の気質を好ましく思ってくれる人間が多いみたいで、好意を向けてもらえることが多いんだ。

あとは、この仕事に就くに当たって会話術とかも学んだし。それだけだ」

「会話術？」

「ああいう輩《やから》は自分の物差しでしか他人を測れないからね。取引という形に持ち込んでこちらにも下心があると匂わせれば、勝手に納得してくれる。それにさっき話に出た薬は、赤国王が代々研究させてきたベータにオメガのような発情を起こさせる、媚薬《びやく》のようなものなんだ」

「ベータに発情を？　なんでそんなものを？」

「代々の赤国王やこの国の貴族達は自国を支配する白国のアルファを憎んでいた。でも本当は力の象徴とも言えるアルファになりたくて仕方なかったんだよ。だからオメガを秘密裏に囲ったり、薬を飲ませて発情させたベータをオメガに見立てて犯したりしていた」

シュイはひゅっと喉を鳴らした。奴隷という底辺で生きてきたつもりだったが、赤国にはまだ暗い底があって、そこへ落ちていくような錯覚に陥った。

「でもその薬は命を落とすこともある危険な代物だとわかって、今の赤国王が禁薬にして箝口令《かんこうれい》を敷いたんだ。アルファとオメガを疎んじているはずの王家がそんな薬を開発していたなんて恥ずべきことでもあるしね」

「禁薬？　でも領主様に作り方を教えてもらうとか……」

ルサは困った顔になった。

「怖がらせたくないから本当は言いたくないんだけど」

シュイはごくりと唾を飲み、ルサをじっと見据えた。ルサが覚悟を決めたように告げる。

「取引に持ち込むためにマザクには知らないふりをしたけど、本当は作り方は知っている。材料とそれなりの知識があれば作れるんだよ。実際、禁薬になる前は、製法を知った権力者が独自に作っていたらしい。材料は、オメガの血液だ」

シュイは目を瞠った。理解した途端、目の前が一瞬真っ暗になった。

シュイの様子にルサはやっぱり怖がらせたねと謝ってくれた。

「俺もその薬の材料にされるの？」

「まさか。そんなこと俺がさせない」

シュイの問いかけにルサは力強く否定した。

「だいたい、それはオメガの保護条約に反している。保護条約がきちんと履行されるようになればそんな薬は自然と消滅するはずだ」

シュイは少しだけ安堵した。ルサはシュイが落ち着いたのを確認して話を元に戻した。

「赤国王が禁薬にするのと同時に箝口令を敷いたのは、知識自体も廃《すた》れていくことを期待したからなんだ。薬の存在を知らせた方も知った方も罪に問われることになっている。だから、それを知っている俺は犯罪者というわけだ。マザクはこちらの弱みも握ったと思って機嫌よく受け入れてくれたんだよ。ほら、アルファの力なんて使う必要ないだろう？」

「本当に、それだけ？」

「誓ってもいいよ」

ルサはしっかりと頷いたが、シュイは信じられなかった。ルサが仕方ないと苦笑する。

「でも、そうだね。さすがにその鎖を解いて誰かに知られたら、君が嫌がるアルファの力を使って黙らせる必要が出てくるかもしれない。人の意思を無視して従わせるような力は簡単に使うべきじゃない」

ルサはシュイの鎖を解くことを諦めてくれた。

「君は俺が嫌い？」

ルサは屈んだまま、シュイを見上げてきた。黒の瞳は澄み切っていて、シュイの心の奥底を覗き込んでいるみたいだ。

嫌い、怖い。そう言おうとするのに、ルサの瞳と向き合っているとどうしても口に出せない。しばらくののち沈黙を破ったのはルサの方だった。

「今は嫌いでもいいよ。でも、治療だけはさせて」

「治療？　あれは嘘なんだろ？　診察とかだって受けていない」

ルサは立ち上がり、シュイを部屋の隅の絨毯の敷かれた一角に促して座らせた。いつも石や地面の上に座っていたから、分厚くて毛足の長い絨毯の上はふかふかし過ぎて逆に居心地が悪く落ち着かない。膝を抱え、尻をもぞもぞさせていると、ルサが向かいにあぐらをかいて座る。

「確かにちゃんとした診察はしてないけど、君に治療が必要なのは本当だ」

ルサの表情は真剣そのものだ。

「俺は、オメガになんてなりたくない！　……領主様に、男に抱かれるのも絶対に嫌だ」

マザクとルサの会話を思い出し、シュイは拳を握った。ルサはシュイをまともな……発情して孕めるオメガにすると言った。ルサは頭を振る。

「違うよ。治療は君をオメガにするためじゃない。それに、俺は君をマザクになんて渡さない」

「え？」

「君が飲んでいたのは、この薬だろう？　俺は、これがドランのところに流れているのを知って、この土地に来たんだ」

ルサが懐から薬を出す。油紙を開いて現れた丸く固められた形と独特の匂いは覚えがある。シュイが毎月水に溶かして飲まされているものだ。腐った泥水みたいな匂いと味がして、嗅ぐだけで吐き気をもよおす。

「これをどれくらいの頻度で？」

「……一ヶ月に、一度」

正直に告げると、ルサが驚いた顔になった。

「こんな粗悪品を、そんなに頻繁に？」

「粗悪品？」

「そうだよ。確かにこの薬にはオメガの発情抑制の効果がある。でも、普通は処方を禁じられるくらい強過ぎるものだ。オメガのことをよく知らない赤国の違法業者が適当な知識で作ったもので、副作用も強い」

本来なら高度に精製し、量を厳密に管理して使用するものだが、そんな設備も処方もないまま赤国内で秘密裏に流通しているらしい。シュイのようにどこかで秘匿されているオメガに使うためだ。

「それにオメガの発情期は通常なら三ヶ月に一度だ。そのときにだけ飲むものを一ヶ月に一度も飲んでいれば、身体への負担がとても大きいはずだ。自覚症状は？」

「……薬を飲んだ後は、丸一日起き上がれなくて、全身が痛いし、肌が痒くてたまらない」

「なるほど。肌が乾燥しているのはやはりこの薬の副作用だね。もしかして、普段からよく転んだり物にぶつかったりする？」

言い当てられてシュイはおずおずと頷いた。よくヘマをしては奴隷頭や仲間達に怒鳴られることは日常茶飯事だった。ルサが形よい眉を寄せる。

「強い抑制薬には感覚を遮断するような作用もあるからね。ぼんやりしてしまうことがあるんだ。何歳の時から飲ませられている？」

初めて飲まされたとき、一口目で吐いてしまい、顎を摑まれて残りを流し込まれ、口と鼻を塞がれて無理やり嚥下《えんか》させられた。嫌なことを思い出してしまったシュイは自分の口元を手で覆う。

「多分、十歳くらい」

ルサがまた驚いた顔になる。それから痛ましそうに瞳を細めた。

「オメガに発情期が訪れるのは十四歳以降だ。そんなに小さい頃から抑制薬を飲ませるなんてありえない」

よほどのことのようだがシュイには実感が湧かない。

「全部よくなる。適切な治療をしたら、副作用のほとんどない抑制薬が使えるようになる。そうしたらオメガでも発情期に振り回されずに、ベータと同じように生きていける。黒国のオメガは皆そうしている」

ベータと同じように生きていける……それは、自分がオメガという前提があってのことだ。オメガじゃないから治療なんて必要ない。

オメガかもしれないという、押し込めても押し込めても湧き上がってくる不安を無視して、シュイはそう言おうとした。

「でも」

ルサが真剣な瞳でシュイを見詰めてきて、シュイは拒否の言葉を飲み込んだ。

「このままなら、オメガとしてとか、そういった次元の話じゃない。薬に身体をぼろぼろにされて、あと数年も生きられないかもしれない」

「生きられない？」

現実みのない宣言だった。

ルサは神妙に頷いた。

「この薬は内臓への負担が大きいんだ。それだけ使い続けていたなら、かなり悪い状態になっている可能性がある。一刻も早く薬を抜いて回復させてあげないと、ある日突然取り返しのつかない事態に、ということが起こりうる」

ルサの話には偽りはないように思える。でも、彼はアルファだ。ドランとマザクを掌の上で転がすように操り、エハを味方につけた。シュイは拳を握り締める。

「……信用できない。あんたは平気で嘘を吐く。どうしても俺を治療したいなら、あんたのアルファの力で命令して勝手にやればいい」

「それが君には通用しないんだ」

ルサは何故か嬉《うれ》しそうに告げてきた。

「通用しない？」

「運命……、いや、ある特定のオメガに対しては、どんな強いアルファもその力を発揮できないことがある。俺にとっては君がそうだったみたい。ほら、盗賊に襲われたときも、君だけは動けただろう？俺は全員動くなと命じたのに」

確かにそんなことがあった。盗賊もエハもルサの光が一度消えるまで固まったように動かなかったのに、シュイだけがルサの手から逃れられた。

「俺が嫌いなら、今はそれでもいい。でも、俺は薬《くす》師《し》で、薬以外のもっと幅広い施術も行う医師でもあるんだ。医師はまだ経験が足りなくて免状ももらえてない見習いだけどね。命を扱う者として放置することはできない。どうか君のために、それから俺のために、治療を受けてくれないか」

真摯《しんし》な眼差しだった。

「どうしても、嫌だって言ったら？」

「悪いけど、力尽くでも治療する。君の意思は可能な限り尊重したいけど、こればかりは俺も折れるわけにはいかない。文字通り力尽くで、押さえ付けてもできるけど、それより君の友達のエハ君を盾に取る方が手っ取り早いかな」

冗談とも本気ともつかない口調でルサは言う。エハのルサへ向ける表情を思い出し、シュイは血の気が引いた。

「っ、エハを巻き込むな！　エハは関係ない！」

「そんなに彼が大事なんだ」

ルサは複雑そうな顔になる。なんだか悔しそうだ。

「当たり前だ。ずっと俺にはエハしかいなかった。今はあんな風だけど、それだって俺がオメガだった、から……。いつか、きっと、仲直りできる……」

言っていて苦しくなってきた。

「そう。それなら君が死んでしまったら、きっと彼も悲しむね」

ルサの言葉は胸に刺さった。

そうだろうか。悲しんでくれるかな。いや、きっと悲しんでくれる。エハは本当は優しい。シュイのことを嫌ったままだとしても、シュイが死ねば悲しんでくれるだろう。

「大人しく治療されてくれるね？」

シュイは悩んだ末に頷いた。

「そうするしかないんだろ」

やけくそ気味に言ってみたが、ルサは安堵したように破顔する。

「よかった」

ただでさえ整っている容貌に浮かぶ心からの笑みは、アルファは怖いと思っているのに魅力的だった。

シュイは見惚れてしまいそうになるのを戒めるために右手で左手を痛くなるくらい強く握った。

「もちろん、治療が終わっても君をマザクに差し出したりはしないよ。途中で発情期が来ても報告しないから、シュイの気が済むまでここに滞在すればいい。マザクとドランの罪が全て明らかになれば、エハ君もここから出ていくことになるだろうから、そのときはまたどうするか考えよう」

「あんた、どうして、そこまで俺に関わるんだ？」

治療のことだけではない。ルサの立場ならシュイを強引に保護すればよかっただけだ。それなのにシュイの我儘《わがまま》を聞いて、わざわざ付いてくることを選んだ。

理由が知りたいと問いかけたシュイに、ルサは優しい笑みを浮かべた。

「ルサでいいよ。呼び捨てにして」

シュイはそれには答えずに続きを待つ。ルサは苦笑した。

「俺はアルファだからね。アルファにとってオメガ以上に優先されるものなんてない」

シュイはごくりと喉を鳴らす。

アルファとオメガ。ずっと関わりがないと思って生きてきた世界。シュイには一欠片《ひとかけら》も理解できない。

「でもそれ以上に、俺に君が必要だからだよ」

ルサは熱の籠った瞳でシュイに語りかけてくる。

シュイはもっとわからなくなった。

○　○

鎖は部屋と、部屋に併設された脱衣所付きの浴室を行き来できるくらいには長かった。だが、どこへ行くにも一旦柱に戻らないと、家具に引っかかって動けなくなって面倒だった。

やっぱりルサに外してもらえばよかったかと思ったが、盗賊を平伏させた異様な光景を思い出し、ぶるりと震えてその考えを打ち払った。アルファの力は化け物の力だ。そんな恐ろしいものに頼ると、自分まで化け物に……オメガに近付くようで嫌だった。

シュイは部屋の中心にある寝台におずおず身体を乗せ、思い切ってごろりと横になった。人生で初めて経験する柔らかい感触はまるで雲の上にいるかのような心地なのに、満喫することができない。

まだ夕暮れだ。赤い空を切り取る窓が随分高い位置にあるなと思ってよく見れば、格子《こうし》が嵌まっていた。外から中を覗けない上に、中から逃げられないようにしているのか。

「豪華なのに、牢屋みたいだ。ううん、鳥籠かな」

外から見た建物の箱のような形を思い出して溜息を零す。

ドランの屋敷の奴隷は、大部屋で雑魚寝《ざこね》する。シュイはいつもエハと隣り合って眠った。荒れ果てた大地は、昼が暑い分、夜は冷える。一人一枚の毛布だけしか与えられないので、幼い頃はよくエハと一緒になって二枚の毛布に包《くる》まったものだ。

「エハ、寒いよ……」

寝台は暖かいし、第一まだ夜じゃない。それなのに心もとなくて零してしまった。

すると、ワフという獣の声が聞こえて、次の瞬間には寝台の上に白い塊が現れた。

「え？　うわ！　ああっと、ウーだっけ？」

ルサの連れていた犬だった。名前を呼ぶと、寝台の上に両前足をかけた格好で嬉しそうに尻尾をバタバタと振ってきた。オメガが大好きだということを思い出し、懐かれていることを単純には喜べない。それでも、瞳をまん丸くして見上げてくる姿は可愛かった。

「おい、ウー。行儀が悪いぞ。寝台に上がるんじゃない」

撫でようかと手を動かしたところで部屋にルサが入ってきた。ウーは、キュウンと鳴いて寝台から降りてしまった。代わりにルサが寝台に腰かける。シユイは寝台の上でルサから遠ざかった。

「ウーは自分から撫でようとしたのに、俺は駄目？」

ルサの綺麗な顔が切ない表情を浮かべる。

「だってあんたは怖い」

「そっか」

「なんで嬉しそうなんだよ？」

「少なくとも俺を意識してくれてるってことだろ？　なんとも思われてないよりは全然いいかなって」

やはりこの男の考えることが理解できない。シュイが渋面になってしまったのに、ルサが小さく吹き出した。

「酷い顔になってる」

「っ、どうせ俺はみすぼらしくて醜いよ」

散々言われてきたことでも、面と向かって言われると腹が立つ。立場が上の相手なら黙って聞くしかないが、何故かルサ相手にならら言い返せる。怖いと思っているはずのに。

するとと、ルサはきょとんとした顔になった。

「シュイが？　まさか。君はすごく、綺麗で可愛いのに」

「は？」

頭の中どころか、目までおかしいのだろうか。

「そんなわけがない」

「本当だよ。確かに、肌の状態は酷いし、栄養状態も悪そうだ。でも、それでも君の魅力は損なわれていない。君を醜いって言う人は、君をよく見てないんだよ」

「嘘だ」

「本当だよ」

ルサは繰り返し、大きく頷いた。

「信じてくれないなら、信じてもらえるように何度だって言う。君は可愛い」

「そんなの、信じない！　第一、俺は男なのにそんなことを言われても嬉しくもない！」

「でも正直な気持ちだから何度でも言うし、治療が進めば君が気にしている肌も見違えるはずだ。栄養もたっぷり取らせて太らせてあげるよ」

「治療……」

「手始めにこの薬を飲んで」

ルサは湯気の立つ椀を差し出してきた。

大人しく治療されると約束したので、シュイは仕方なく椀を受け取る。

「苦いけど、全部飲んで」

焦げたような独特の匂いだが、ずっと飲まされていた薬よりはマシだった。それでも、薬を飲んだ後の吐き気や痛みが脳裏に蘇って躊躇《ちゅうちょ》する。

「口移しで飲ませてあげようか？」

ルサの冗談とも本気ともつかない発言にシュイは

反射的にルサから遠ざかる。ルサが困ったように笑った。

「変なものは入ってないよ。身体の中の毒素を分解して臓器を元気にする薬草と、代謝を促す薬草を煎《せん》じてある。他には、肌の炎症を抑える効果のある薬と、胃の粘膜を保護する薬。オメガ専用じゃなくて、誰にでも使うものばっかりだから安心して。要は毒抜きだよ。これを今日から朝晩二回」

難しい話はわからなかったが、オメガ専用ではないというところに少し安心して、シュイは思い切って椀に口を付けた。

「苦っ」

少しだけ口に含んだ途端、舌がびりびりした。

「これを、朝晩、二回？」

涙目になって問いかけると、笑顔で頷かれた。

「う、ううっ」

早まったかなと思いながら、なんとか飲み干す。

だが、舌がいつまで経っても痺れているようだし、味が蘇ってくるので口を閉じることもできない。口を開いたまま、早くなくなれと手で煽いでみたが効果はない。

味は酷いが、ドランの屋敷で飲まされていた薬のように吐き気がしたり、身体が痛くなったり痒くなったりはしなかった。それどころか、身体の中からぽかぽかと温まってくるような気がする。

「よくできました。これはご褒美」

ルサが返した椀の代わりに差し出してきたのは乾燥させた果実の砂糖漬けがぎっしり詰まった瓶だった。

「これ、いいの？」

シュイは思わず目を輝かせてしまった。屋敷の食料庫に運んだことがあったので存在は知っている。一度だけ、エハがどこからか持ってきてくれた欠片《かけら》を口にしたことがある。

「いいよ。ほら。でも甘過ぎるから一つだけだよ」

瓶の中は、色とりどりだ。真っ赤なもの、黄色いもの、白いもの、緑のものまで。どれがどんな果実かも知らないけど、白い砂糖がまぶされたそれらは全部美味しそうに見える。シュイはごくりと喉を鳴らす。

「っ」

口に残っていた苦いのが不意打ちで襲ってくる。

慌てて一番手前にあった橙《だいだい》色のものを摘《つま》んで一口嚙んだ。

「っ！　甘い！」

思わず叫んでしまった。苦味は一瞬で消え去って、舌の上が甘いという感覚でいっぱいになる。

「それはオレンジ。甘いものは好き？」

「好き。でも、こんな大きいのをちゃんと食べるのは初めてだ」

一口分を嚙み切って、ゆっくり咀嚼《そしゃく》する。そうすると柔らかい食感とともに甘さで口の中がいっぱいになった。もう苦味のことなんて忘れ去った。口から全身に幸福が満ちてくる。

「笑顔、やっと見れた」

「あ」

指摘されて初めて自分の表情に気付き、慌てて顰《しか》め面《つら》を作る。ルサがぷっと吹き出した。

「そんなに警戒しなくても大丈夫だよ。な、ウー。今のシュイの顔、可愛かったよな？」

寝台の下で待機していたウーが同意したようにワンと吠えた。

「そいつ、あんたの言葉わかるの？」

「ウーはとても賢いし、ウーが生まれたときから一緒だからね」

「へえ。何歳？」

「十九歳」

即答にシュイは首を傾げた。犬の寿命はよく知ら

ないが、そんなに長生きするものなのだろうか。十九歳ということは、自分よりも年上だ。

するると、ルサがはっとした顔をした後、眉尻を下げて目線を逸らす仕草をした。

「十九って、もしかして？」

「っ。俺に興味持ってもらえたのかと思って……」

口元と頰を掌で覆って隠したが、耳がほんのりと赤い。肌が白いのでよくわかる。もしかしなくても勘違いを恥ずかしがっているらしい。

「そんなに若かったんだ……」

もっと大人びて見えたのに、実際は二つしか違わなかった。年齢を知ると、不思議と若く見えてくる。確かに肌には張りがあって瑞々《みずみず》しいし、皺も染みもない。

「ウーは五歳だよ」

ルサはなんとか立ち直ったらしく、話題を変えてきた。先ほどまでと同じ顔のはずなのに、何故か少しだけ親しみやすくなった気がしてしまう。

「ウーって変な名前」

「生まれてすぐのうちから、よく物を噛んでうーうー唸ってたから」

あまりに単純な名付けにシュイはつい吹き出していた。

「それ、あんたが？」

「だからルサでいい。俺じゃないよ。当時五歳の弟が付けた」

少しムキになったように答えられた。

「へえ、弟がいるんだ」

シュイはルサをじっと見る。きっと優しい兄なのだろう。弟も綺麗な顔をしているに違いない。そう考えているうちに、我知らず唇を嚙んでいた。

両親がいて、兄弟がいて、犬を飼っている。赤国ではそれすら許されない人間が大勢いる。

シュイにはエハしかいなかった。いや、エハがいてくれた。だけど自分がオメガだったことで、エハにまで疎んじられた。今のシュイには家族も親友もいない。

「あんたはアルファだけど家族に恵まれてるんだ」

シュイの口から先ほどの薬よりも苦い言葉が勝手に溢れた。

ルサが黒瞳をぱちりと瞬き、切なげに長い睫毛を揺らす。

「君の家族は?」

「さあね。俺は五歳で親に売られたんだ。顔も忘れたし、思い出したくもない。あっちも俺のことなんて忘れてるだろ」

シュイは手の中に残っていた砂糖漬けを口に放り込んだ。咀嚼してもさっきより甘いとは思えず、さっさと飲み込んだ。

「……君がオメガなら、母親もオメガのはずだ。オメガはオメガからしか生まれないし、アルファもそう」

「母親?」

自分のことに精一杯で、母親のことまで考えが及んでいなかった。自分がオメガから生まれたなんて想像したこともない。

「この国でオメガが生きていくのはとても大変だ。だけど、彼らは上手く隠れて生き延びてきた。それなのにオメガの我が子を売ったりするかな。それは母親もオメガだと知らせてしまうようなものだ」

「そんなの、知らないっ」

頭が混乱している。ルサの投げかけたたった一つの疑問でいっぱいいっぱいになってしまって、何も考えられない。

「ごめん。一気に詰め込み過ぎたね。気温が下がらないうちに水浴びでもする?」

話題を変えられて深く息を吐き出した。確かにさっぱりしたかった。

「じゃあ、これを使って。使い方はわかる？」

頷いたシュイにルサが渡してきたのは、もこもことした黄色い塊と、花のような香りがする白い塊だった。

「石鹸《せっけん》」

白い方は屋敷の倉庫で見たことがある。確か、身体を洗うものだ。非常に高価なもので、当然シュイは使ったことはない。シュイにとって水浴びといえば、数日に一度、桶《おけ》一杯の水をもらって、ボロ布で身体を擦ることだ。

「こんなの使えない」

シュイは石鹸を受け取らず、鎖をがちゃがちゃと鳴らしながら浴室と思った場所に入った。脱衣所で裸になって入った浴室にはやはり高い位置に明かり窓があって、傾きかけた太陽の光が差し込んでいた。

浴室には水の張られた石造りの水槽がある。そっと指を浸すと、冷たくはなかった。汲んでから時間が経っているのだろう。よく見ると、水槽の上の方が外の水路と繋がっていて、木の板で仕切られていた。下の方にも同じような板が当てられている。こちらは排水口だろう。水は好きに使えるらしい。

「街は地下水が豊富なんだっけ」

奴隷仲間の誰かが言っていたのを思い出す。

浴室内を見渡すと桶があったので、それに水を汲んで勢いよく頭から流した。領主の館に来る前にドランに命じられて砂を払い、顔を濡れた布で拭《ふ》いて綺麗にしたつもりだったが、滴《したた》ってくる水はうっすらと茶色かった。

「は……」

よく考えてみれば、オメガだと言われて以来の、エハもルサもウーもいない一人きりの時間だ。

たった一日で、自分の人生はすっかり変わってしまった。昨日の今頃、直射日光を浴びながら汗水垂らして煉瓦を運んでいるときには、想像もしなかった未来だ。

「俺、これからどうなるんだろう」

不安を洗い流すようにもう一度水を頭からかけ、ぼさぼさの髪をガシガシと擦って隅々まで水を流す。ドランの屋敷の水浴びは、数日に一度、一人桶一杯の水しか使えなかったから、これだけでも十分贅沢《ぜいたく》だった。

水滴が透明になったので、今度は濡らした手で肌を擦る。荒れた肌に染みるのはいつものことなので痛みは無視して全身から汚れを落とす。

「……」

太腿に触れたとき、盗賊の醜悪な性器を押し付けられたことを思い出し、シュイは唇を噛んだ。

盗賊はシュイの見た目を蔑んでいたのに、突然興奮し始めた。

「あれは、もしかしたら俺がオメガだから？」

オメガはアルファに対しては特別にだが、ベータの男も惑わす淫魔だ。無意識に盗賊を誘惑してしまったとでも言うのか。

シュイはぐっと唇を噛んで、そこを念入りに洗った。日に焼けていないせいで真っ白なそこは真っ赤になった。じんじんと痛んだが構わずに洗い流す。

「シュイ？　っ」

水滴を滴らせながら浴室から出て脱衣所に入ると、ちょうどルサが入ってきた。

「ご、ごめん！　覗こうと思ったわけじゃないんだ」

ルサは黒瞳を大きく見開いた後、慌てて後ろを向いた。まさかシュイの裸を見たことを謝っているのか。

「……昼間も見ただろ？」

「あのときと今は違う！」

盗賊に襲われていたときのことを思い出して言うと、ルサは心外とばかりに即答した。

「何が？」

あのときも今も同じ醜い痕ばかりの裸だ。肋骨《ろっこつ》が浮き出るくらいガリガリで貧相な身体。一体、何が違うのかと考えていたシュイは、先ほど考えた盗賊の様子に思い至る。盗賊はベータだったが、ベータ以上にアルファはオメガに惑わされる。

「……あんた、俺がオメガだって知ったから、そんな態度取るわけ？　オメガは犯す対象だから」

盗賊から助けられたとき、ルサはシュイをオメガと認識していなかったはずだ。

「まさか！　っ、ごめん！」

ルサはばっと振り返って隠しもしていなかったシュイの裸体をまた目にしてしまって、再び謝りながら顔を背けた。気のせいではなく全身がうっすら赤くなっている。明らかにシュイの裸を性的な意味で意識している。

「違うよ。あのときは、不可抗力だし、それどころじゃなかったって話だ」

「でも、あんたアルファなんだろ？　オメガに誘惑されてオメガを犯すんだろう？」

アルファは発情したオメガの誘惑には抗《あらが》えないという。

「そんなこと、君の同意なしにはしない。たとえ君が発情しても俺は君の望まないことは絶対にしない」

「同意なしにはしない？　俺はベータの男だ。男に犯されるなんてご免だ。同意なんて一生しない」

「君の望むままに」

ルサは即座に応じた。

「それより、風邪《かぜ》をひくよ。これで拭いて」

後ろ手に布を差し出される。全身から滴る雫《しずく》の冷たさに、シュイは仕方なくそれを受け取った。

「柔らかい……」

身体を包めるくらい大きな布はとても柔らかかった。シュイの知っている布ではない。どうしていいかわからず固まる。

「特殊な織り方をしている布なんだ。肩に羽織ってみて。それから擦らないで、ぽんぽんと肌に当てて水気を吸い取るようにして拭くんだ。髪も同じように」

シュイはおそるおそる言われたとおりにしてみる。そうすると、驚くくらい水気を吸ってくれて、ヒリヒリしていた肌への刺激も少なくて済んだ。

「じゃあ、次はこれを全身に塗って。肌を保護する成分が入った塗り薬」

ルサは小さな瓶を渡してくれた。

「治療の一環だから。手で薄く伸ばして、全身に塗るんだ」

医師らしい威厳を醸し出した口調の言葉に従って、シュイは指先で薬を掬い取った。指の上で半透明の塊がぷるんと震える。初めて目にするものだが、いい匂いがしてちょっとぬるぬるする。シュイを見ずに指示を出してくるルサに従って、手の甲から少しずつ肌に塗って馴染ませていった。確かに、痒みが少し治まっていく気がした。

「塗り終わった？　着替えはそっちに置いてあるから」

ルサが指し示したものは真新しい衣服だった。

「女物で申し訳ないけど、誰かに見られたらいけないからね」

空になった瓶を床に置いて広げてみると確かに女物だった。ただし、頭から背中までを覆う布はない。

「さっきの服は？」

「あれは捨てた」

「捨てた？　まだ着られたのに？」

盗賊に乱暴に扱われたが、破れたりはしていなかった。

「盗賊なんかに触られた服をいつまでも君に着せておくなんて冗談じゃない」

ルサは心底嫌そうな顔で答えた。

指摘されると確かに嫌な気分になったが、何故当事者ではないルサがそれを気にするのか。

ふと思い当たることがあった。

「あんた。さっきのもだけど……まさか、その、犯すとか以前に……俺を、なんていうか、意識してる?」

ベータの間で、恋だとか愛だとかいう感情だ。アルファにそれがあるのかもわからないが、ルサのシュイに対する態度はそれに近いようにしか思えない。間違ってたら酷い自意識過剰だと思いながら、シュイは慎重に問うた。男同士だというのは、アルファなら関係ないだろう。

「してるよ」

「なっ」

ルサは即答した。聞いておきながらシュイの方が驚く。

「出会った瞬間から俺は君に惹かれてる」

「俺はオメガじゃない」

「関係ない」

シュイの口から反射的に出た言葉をルサは即座に否定した。背中を向いたままだから表情はわからない。

「君がオメガでもベータでも、アルファだったとしても、俺は君がいいんだ。だから頼むから、警戒してくれ。男同士でも俺に簡単に裸を見せないで」

アルファ、オメガ、ベータの別を関係ないと言われて、シュイはなんだかもやもやとした。しかし、とにかく服は着るべきだと用意されたものを手に取る。

「着方はわかる?」

「わかる」

女物は布地こそたっぷりあるが着方は単純で、頭から被って腰帯を結ぶだけだ。下着は男物も女物も同じで腰の脇で紐を結んで留める。男物にはズボンがあるが女物にはない。どちらにしろ鎖があるから穿《は》けないが。

「そう。じゃあ、外で待ってるから。それから、さっきのことは深く考えないで欲しい。今はとにかく君に信用してもらって治療することが先決だから、下手《へた》に意識して欲しくない」

シュイがなんと返事すべきか悩む間にルサは浴室から出ていった。

鎖に邪魔されながらもなんとか渡されたものを全部身に付けて脱衣所から出て寝室に戻る。

「大きさ、ちょうどだね」

待ち構えていたルサがシュイをじっと見て嬉しそうに頷いた。

先ほどまで着ていたものと形は同じだが、生地が柔らかくて、肌を刺激しない。袖や裾には控え目ながらも装飾があって上品だ。

「これ、どうしたんだ？」

あのケチそうな領主がわざわざ用意してくれたとは思えない。

「使えそうな薬の材料や必要なものを揃えるために街に出たから、ついでにね」

身体を拭いた布や塗り薬にしてもわざわざシュイのために用意してくれたのだろう。礼を言うべきとは思ったが、ルサに対する反発心から、どうしても口にできなかった。

「ちゃんと着られた？」

「子供じゃない。服くらい着られる」

結局出てきたのはそんな言葉だった。ルサは微笑んでシュイの嫌味を受け止める。

「そう言えば君の年齢は聞いていなかったね。いくつ？」

「……十七歳」

シュイの答えに、ルサが黒瞳を瞠った。

「え？　本当に？」

「なんだよ」

「ごめん。十……五歳くらいかと」

「今の間。本当はもっと下と思ってただろ？」

ルサが視線を逸らす。シュイは深く溜息を吐いた。

珍しいことではない。シュイが特別に細いせいもあって、発育のよい十三歳と同い年に見られてしまったこともあった。

「十七歳なら大人、だね？」

「あんたは逆に老《ふ》け過ぎ。もっと年上かと思った」

なんだか悔しくて噛み付くと、ルサがふっと笑う。男らしく形よい唇が柔らかい弧を描く。そっと細められた煌めく黒瞳に宝物を見るように見つめられて、シュイの心臓が跳ねた。

「よく言われる」

シュイは嫌味を言ったのに、何故か嬉しそうに肯定される。

「だ、だろうな！」

一瞬見惚れてしまった。ドランやマザクに対して浮かべていた笑みは、どうも嘘くさかったが、今のはそれらとは全然違う。ドキドキする鼓動を手で胸を押さえて鎮《しず》めようとすると、鼻腔《びこう》を香ばしい匂いがくすぐった。

匂いのしてくる方を見ると、絨毯の上に沢山の料理が載った皿が並んでいた。風呂に入っている間に準備したのだろう。

「食事にしよう。さあ座って」

シュイはごくりと唾を飲み込んだ。

「おいで。お腹《なか》減ってるだろう？」

呆然としているシュイに、先に座り込んだルサが苦笑して手招きする。シュイはふらふらとその隣に座った。

「食べられないものは？」

シュイは頭を振った。

「好きなものは？」

「果実の砂糖漬け」

ルサは優しく目を細める。

「それはそれでいいけど。肉は？」

「……嫌いじゃない」

シュイが答えると、こんがりと焼けた肉や、この辺りでは滅多に食べることのできない野菜が刺さった串を取り皿に取り分け、ルサが寄越してくる。

「あの、こんなに、食べていいの？」

「ん？　これだけじゃ足りないよね？　ここにあるのを全部食べてもいいよ」

「で、でも、俺、今日、何も働いていないし」

だが自分の身体が裏切った。きゅるると、か細い音が腹から響いてシュイは顔を真っ赤にした。

ルサがぷっと吹き出す。

「これも治療の一環だよ。それと、シュイはもうちょっと栄養を取って太らないと。細くて、触っただけで折れそうで怖い。多分、ここまで痩せているのも、飲まされていた薬がいくらか影響してるんだと思う。消化が上手くいってないんじゃないかな。これからはちゃんと食べた分、身体の素《もと》になるはずだ」

さあと促されて皿を受け取り、思い切って串を手に取って肉にかぶり付く。ゆっくり歯を立てると、びっくりするくらい柔らかくて簡単に嚙み切れた。じゅわっと肉汁と香ばしさが口いっぱいに広がる。塩味だけではなく、匂いだけ知っている高価な香辛料も惜しみなく使われていて、複雑な香味が食欲をそそる。気が付いたら肉の塊は全部なくなっていた。

「こんなに美味しいの、食べたことない……」

「それはよかった。時間がなかったし、勝手もよくわからなかったから簡単なものしかできなかったけど」

シュイは首を傾げた。今の言い方だとまるでルサが作ったかのようだ。

「この離れ、厨房もあるみたいだよ。あとは居間と、使用人用の部屋。寝具や絨毯は新品だけど、建物自体は以前からあったみたいだ。歴代の領主の妾を誰にも会わせずに囲うために造られたんだと思う」

「そうじゃなくて、これ、あんたが作ったの？」

「そうだよ」

それがどうしたと言わんばかりの様子でルサが応じる。シュイの感覚では料理は女性か、料理人を職業にする一部の男性がするものなのだが、黒国やアルファの常識ではそうではないのだろうか。

「ああ、エハ君も気にしてたな」

ルサはシュイの疑問に気付いてくれたらしい。

「確かに黒国では料理のできる男性は結構いるんだけど、俺の場合は趣味。料理にしても、勉強にしても、なんでも一通りやってみたくなるんだよね。料理は嵌まったから、かなり特訓したよ」

仕事にするわけでもないのにわざわざ苦労するなんてシュイには理解できない考え方だ。

「エハ、ここにいるの？」

ルサのことはひとまず置いて、シュイは気にかかったことを聞いた。ルサは頷いた。

「エハ君、この離れ付きの使用人として使用人用の部屋で暮らすことになったんだ。この料理も手伝ってくれて、とても器用で助かった。彼も同じものを食べてるよ」

「エハも、これを？」

「そう。まったく同じもの。だからシュイも遠慮しないで沢山食べて」

「よかった。エハ、肉が好きだから」

きっと大喜びだろう。エハの様子を想像して、シュイの口元に笑みが浮かぶ。エハが肉が食べたいとぼやいていたのはそう言えばたった昨日のことだった。奴隷頭に呼ばれるまで、シュイはずっとあの日常が続くのだと思っていた。毎朝起きてから日が暮れるまで働いて、食事をもらって、眠るまでは語り合って……。自由はなくても、変わらず続く毎日。

「食事も一緒にどうかなって誘ったんだけど、一人で食べるってきかなくて」

シュイの心情を知ってか知らずかルサはエハの話を続ける。

「一人で食べたいんじゃなくて、オメガの俺と一緒が嫌だって言われたんじゃないの？」

ルサは何も答えなかった。図星なのだろう。

シュイは空になった取り皿を絨毯の上に置いた。

「エハの態度は当然だよ。だってオメガだ。……俺自身、まだ信じてない。でも、あんたは俺がオメガだって思ってるんだよな？」

ルサに問いかけると、ルサはゆっくり頷く。

「ウーもだけど、アルファの俺にもなんとなくわかるよ。発情期じゃなくても、オメガの匂いはアルファには好ましい。確実にはっきりさせられる検査もある。検査してみる？」

シュイは少し考えて、頭を振った。はっきりするのは怖い。

「もし逆の立場だったら、やっぱり俺もエハのこと化け物って詰《なじ》ってたんじゃないかな。だからエハの言っていることは普通だし、悪くない」

急に食欲がなくなった。膝を立てて顔を埋める。

そうは言っても実際にオメガだと言われたのはシュイだ。じんわりと目頭が熱くなってくる。

「オメガは化け物じゃない」

「でも、獣みたいに発情して、男に犯されて子供を産むんだろ？　俺も、そうなるんだよな？」

涙をこらえて顔を上げると、ルサの悲しそうな顔とかち合った。

「あんたアルファだろ。あんた、たとえ俺が発情しても手を出さないとか言ってたけど、アルファは発情したオメガの誘惑には抗えないんだろ？」

ルサの表情がもっと曇る。

「俺は……」

「治療とか言ってるけど、本当は発情を待ってるんだろ？　真っ先に俺を犯すために。俺に惹かれてる？　オメガかどうか関係ない？　嘘吐くな。アルファだからオメガの俺を犯したいだけって正直に言えよ」

「違う！」

ルサは怒っていた。黒瞳の眦はうっすらと赤く染まり、ずっと穏やかな笑みを浮かべていた唇はぎゅっと引き結ばれている。でもそんな表情をしていても、ルサの美貌は損なわれなかった。むしろ凄《すご》みが出て余計に目を離せなくなる。瞬きすら忘れてしまってシュイの涙が引っ込む。

「アルファとオメガの関係はそんな単純で暴力的なものじゃない。アルファはオメガからしか生まれない。アルファはオメガがいないと、生まれてくることもできないし、まともに生きていくこともできないんだ」

ルサの声は苦しそうだった。歪んだ表情は、泣いているようにも見える。

「まともに？　どういう意味？」

ルサが黒瞳でシュイをひたりと見据える。それから目線を逸らして額を覆った。

「オメガは化け物なんかじゃない。とても慈悲深い生き物だ。化け物はむしろ俺達アルファの方なんだよ」

確かにアルファは人を支配する力を持っている。だが、オメガがいなければ発情を誘発されないし、男でありながら孕むこともない。黒国では違うらしいが、白国では支配者だ。どちらが化け物で蔑まれるべき存在かと言われたら、やはりオメガの方としかシュイには思えなかった。

「疲れた」

オメガ、アルファ、ベータ。たった三つの種別のはずなのに、これ以上考えるのは億劫《おっくう》だった。目の前にはまだ大量の食事があったが、シュイはもう食べる気にはなれなかった。食べ物を前に食欲がないなんて初めての経験だった。

○　○

「ここ、どこ？　夢？」

目覚めたシュイは軽く混乱した。

雲のように柔らかい場所で寝ている上に、周囲は薄布の幕で覆われて様子がわからない。目を擦り、もぞもぞと移動しようとして、シュイは完全に覚醒した。

「ひっ」

隣に体格のよい男が寝ていたのだ。

「あ……」

その腹が立ってくるぐらい整った寝顔に、シュイは昨日の出来事を思い出す。

「ん、シュイ。おはよう」

シュイの動く気配に気付いたらしいルサがゆっくりと瞼を持ち上げる。黒瞳は起き抜けの瞬間から煌めいていて、形よい唇が微笑みの形になる。

「な、なんで？」

昨日は食事をして話をしているうちに、一気に疲れがやってきて、ルサに促されて寝台に横になった。そこまでは覚えている。

「使用人の部屋が一つしかなくて、そっちはエハ君が使ってるから。この寝台なら広いから二人寝ても余裕かなって」

「だ、だからって」

ルサは上半身を起こし、解いて寝て癖の付いた少し長い黒髪を手荒く撫で付けながら大あくびをする。目元に涙が浮かんだ。

「大丈夫。何もしてないし、触ってもいない。可愛くて無防備な寝顔は堪能させてもらったけど」

「なっ」

シュイは真っ赤になった。ルサは軽やかに笑って寝台を囲っていた薄布の幕を上げる。朝の白い日差しがさあっと差し込んできた。

わうっと、声がしてウーがひょっこり顔を覗かせた。どうやら寝台の下にいたらしい。

「ウーもおはよう」

ルサはぐっと長身を伸ばして寝台の下に降り、ウーに挨拶をする。

「さあ、シュイも起きて。顔を洗っておいで。ウー、シュイを頼むよ」

頼まれたウーは任せろとばかりに尻尾を大きく一振りした。

「あ」

一連の流れをぽかんと見ていたシュイは、ルサが同じ寝台で寝ていることを咎《とが》め損なったことに気付いた。いつの間にか自分もルサの調子に乗せられてしまっていた。

「駄目だ、気をつけなきゃ」

こんな風ではルサの思う壺《つぼ》だ、自分の頬をぺちんと叩いて気合を入れた。


「うう、不味い。なんか、昨日よりもっと不味い」

顔を洗った後、戻ってきたルサに渡された薬を飲み干した。

「昨日より濃くしてるからね。この辺りで手に入る薬草も合わせて、様子見しながら調整していく予定。はい、ご褒美」

昨日と同じように果実の砂糖漬けを差し出される。

「っ」

シュイはその誘惑に逆らえなかった。

「これにする……」

昨日は橙色だったから、今日は白い皮のついた赤いものを選んでみる。ざくざくした種の食感が昨日のものとは違ったが、やっぱり美味しい。

「それは柘榴《ざくろ》。美味しい？」

「う、まあ……。美味しい」

食べ物には罪がない。小さく頷くとルサは嬉しそうな顔になる。

「そのうち、おやつも作ってあげるよ」

「おやつ？」

「果物の砂糖漬けよりもっと美味しいよ。木の実と一緒に香ばしく焼き上げた焼き菓子や、甘く煮た果物を詰めたパイ。あとはたっぷりカラメルをかけた牛乳と卵の蒸し菓子とかも」

見たことも聞いたこともないものばかりだったが、とても魅力的だった。シュイは口の中で溢れてきた唾をごくんと飲み込む。

「興味がありそうだね」

「べ、別に……」

「じゃあ近いうちにね。でもその前に、これ」

ルサが差し出してきたのは白い帯状のものだった。一見そうでもないがよく見ると凝ったレース編みで、端に金具が付いている。とても綺麗だが、用途が不明だ。

「なに、これ？」

「首輪だよ」

「は？」

思い切りルサを睨み付けてしまう。首輪なんて、動物にするものだ。

「誤解しないで。その鎖みたいに君を縛り付けるためのものじゃない。逆だよ。君を守るためのもの」

ルサの視線は鎖に繋がれた足枷に向かう。

「どういう意味？」

「オメガはね。……ある条件下でアルファに首筋を噛まれると、そのアルファと番《つがい》になってしまうんだ」

「ある条件？　番？」

シュイは自分の首筋に触れながら、ルサが言葉を濁した部分と、初耳の単語を聞き返す。

「……その。……オメガの発情中に、性交、しながら」

ルサは目線を彷徨《さまよ》わせて条件を説明してくれた。ルサが言葉を濁した理由がわかった。聞かなきゃよかったと後悔した。シュイは無言になってしまう。ルサも沈黙して二人してしばらく俯《うつむ》いた。

ルサが顔を上げた。気を取り直して説明を続けてくれる。

「番になると、オメガは噛んだアルファ以外には発情しなくなるし、そのアルファもそのオメガ以外には発情を誘発されなくなる」

「だから？」

「もし、君が嫌いな相手と番になってしまったら、嫌だろう？」

考えてみるが、実感が湧かない。そもそもシュイは発情を経験したこともないのだ。ただ、誰かに噛まれるという行為には強い嫌悪感がある。想像したら首筋がぞわっとして、慌てて手でこすった。

ルサが苦笑する。

「わからないか。でも、アルファとオメガにとって番というのは一生を左右する大事なことなんだ。絶対的に縛り付けられる鎖みたいなもの」

「鎖」

シュイは先ほどのルサのように自分の足枷を見る。

「首輪はそれを防ぐためのものだ。だから付けて欲しい。俺から君を守るために」

「あんたから？」

「そう。ここにはアルファは俺しかいないからね。君を襲う可能性があるのも俺だけだ」

「昨日、俺の同意なしには襲わないって何度も言った」

「もちろん、そうならないようにする。でも、対策しておくに越したことはないし、何より俺はそれを望んでいるから」

ルサの黒瞳がシュイを映す。

「君を番にできれば他のアルファに奪われる恐怖はなくなるからね。もし他のアルファが現れて君を奪い合うなんてことが起きたら、俺は理性を保てる自信がない」

「っ。わかった」

笑顔の中にルサの本気を垣間《かいま》見た気がしてシュイは了承した。ルサが安堵した顔になる。

「……俺が首輪しない方があんたの望み通り、番とかにできるんじゃないの?」

噛むのだって、犯すのだって、シュイはきっとルサの本気にはかなわない。

「君相手にそんな卑怯なことはできないよ」


シュイは無言になった。奴隷の仲間同士ですら足の引っ張り合いは日常茶飯事だし、シュイは奴隷の仲間内でも出来が悪くて底辺の存在だった。使用人に至っては奴隷を同じ人間ともみなしていない。考えてみればこんな風に互いが同等のように向き合ってくれる人間はエハ以外ではほとんど初めてだ。

手の上に落としてもらった首輪を首に巻き付ける。きつくもなく緩くもない。だが、金具が上手く合わせられない。

「手伝っても?」

ルサの遠慮がちな言葉に、シュイは迷った末に頷いた。他に手伝ってくれる人はいないから仕方がない。ルサは嬉しそうにしてシュイの背後にゆっくりと回る。

「なるべく触れないようにするから」

シュイの緊張を悟ったのかルサはそう言ってから首輪に触れてきた。首輪越しにルサの指を感じる。

甘い匂いもかすかに漂ってきた。

（この匂いは、嫌いじゃない。砂糖漬けにちょっと似てる）

金具がかちゃりと嵌まる。ルサはすぐに離れてくれた。

「苦しくない？」

シュイは自分の喉元を確認して頷いた。手触りは柔らかい。けれど、目は細かくて丈夫そうだ。簡単には引き裂けなさそうだし、噛まれても歯が食い込む余地もない。

「よかった。よし、じゃあ朝食を準備してくるから待ってて」

ルサはそう言って厨房に行ってしまった。

「なあ、変じゃない？」

シュイは手持ち無沙汰《ぶさた》になって、傍《そば》で寝そべってるウーに語りかけた。レースなんて女物みたいだが、ぱっと見は簡素な作りだから、なんとか我慢できる。

ウーはシュイをじっと見上げてきて、ワフと鳴く。変じゃないと言われてるみたいだった。

「お前、俺の言葉もわかるの？」

ウーはまたワフと鳴いた。

「本当に賢いんだな」

シュイはおっかなびっくりウーの頭に触れてみた。ウーは大人しく触らせてくれる。

一頻《ひとしき》り撫でて、シュイは溜息を零した。

ウーはいるが、一人だとどうしていいかわからない。立ち上がると、じゃらりと鎖が鳴る。

シュイがどこかへ行こうとしていると思ったのかウーが立ち上がり、シュイに寄ってくる。

「どこにも行かないし、行けないよ」

ドランの屋敷では朝日が昇る前に起きて働きだし、日が昇りきる手前で朝食を取って少しの休憩。その後、日が暮れるまで再び働く。仕事はその日によって違う。倉庫の整理のような楽な仕事もあれば、館の増築や補修の力仕事、灼熱《しゃくねつ》の日差しの下の灌漑《かんがい》工事まで。五歳で奴隷になってからずっとその生活だ。最初の頃は慣れなくて頻繁に体調を崩し、もう嫌だと毎日泣いていた。

「使えない奴隷はすぐに売られていったのに、一番使えない俺が残されたのはオメガだったからなのかな」

マザクは自分の屋敷で使う奴隷は優秀な者ばかりを集めていた。そんな中で、シュイは働きも見た目も悪かった。売られないのは薬の件も含めて出来が悪過ぎて他から引き合いがないからだと思っていたが、実際は違ったのだ。オメガでなければもっと酷いところへ売りに出されていたかもしれない。

オメガだから。知ったばかりの事実が、実はずっとシュイの人生を決定付けていたのだと思うとやる瀬ない。

シュイは鎖を引きずって窓に向かった。格子を摑んで爪先《つまさき》立ちすると、なんとか外を覗けたが、塀と背の高い植物しか見えない。オメガを囲っているなんて知られるわけにはいかないから、この離れは徹底して隠されているのだろう。

「どこにも行けないのは前と同じだけど……」

ドランの屋敷は周囲に何もないため、逃げ出す先がない。そのため、足枷に鎖や重りが付けられることはなかったし、決められた場所なら自由に動くこともできた。

「シュイ？　外が気になる？」

不意に声をかけられて振り向くと、ルサが朝食の載った盆を持って部屋に入ってきたところだった。

「……別に。暇だな、って思って」

「そうだね、ずっと、部屋の中だもんね。外に出たいならいつでもその鎖を……」

「あんたの助けはいらない」

シュイはきっぱりと断った。ルサが苦笑する。

「わかった。さあ、食べよう。待たせてごめんね。パンが焼きたてなんだよ」

パンはスープに浸さなくても柔らかくて、ほんのりと甘みがあった。最初はこわごわと、すぐに夢中でほおばりだしたシュイを、ルサは自分の食事そっちのけで愉《たの》しげに眺めている。

「ちゃんとスープも飲まないと駄目だよ。栄養になるもの沢山入れてあるんだから」

「わかってるよ。いちいち子供扱いするな」

ふと、今の光景に、何か閃《ひらめ》くものがあった。誰かが同じことを言っている映像が浮かんで消えた。シュイはぱちぱちと瞬くが、一瞬だけ見えた気がした映像は、もう現れてはくれなかった。

「どうしたの？」

「なんでもない」

ルサの心配にシュイは慌てて頭を振った。

奴隷として働いている間、ガキがと見縊《みくび》られたり、馬鹿にされたりしたことはあっても、子供扱いで世話を焼かれたことはない。ただでさえ足りない食事を残すなんて贅沢をしたこともない。それなのに、今のやり取りをシュイはいつかどこかで経験している気がした。

（俺を、売った、親の記憶？）

顔も覚えていない両親とのやり取りだろうか。シュイは頭を振って考えを追い払う。自分を売った家族とのことなんて思い出さない方がいいに決まっている。

朝食を終えると、片付けにいったルサが手に荷物を抱えて戻ってくる。

「それ、何？」

「本だよ。退屈かなと思って、市場で見かけたので買ってきた」

「……俺、字なんか読めないけど」

「絵本みたいだからきっと大丈夫だよ」

ほら、と広げられた本は、確かに沢山の絵が付けられていた。絵には鮮やかな色が塗られていて、文字は飾り程度しかない。

「なんなら字の勉強をする？　教えてあげるよ」

「……いらない」

本当はとても魅力的な申し出だった。字の読み書きができれば、どんな仕事をするにも有利だ。奴隷仲間でも読み書きができる者はごく僅かにいて、帳簿の整理の手伝いなど、楽そうな仕事を任せられていたし、重宝がられていた。

でも、教えてもらう相手がルサというのがどうにも無理だった。少しは慣れてきたが、やっぱり怖い。近くにいると意識した途端に鼓動が速くなり、身構えてしまう。一緒にいる時間はできるだけ短くしたかった。

「わかった。でも、気が変わったら教えて。俺はちょっと仕事をしてくる。ウー、シュイを頼む」

ルサは気分を害した様子もなく、本を置いて部屋から出ていく。再び一人と一匹になって、シュイはまた暇になった。

○　○

朝晩、苦い薬を飲む。食事は朝昼晩。水浴びと肌に塗り薬を塗るのは毎日。

館にきて三日。シュイの生活はその繰り返しだ。

ルサはシュイの薬湯や食事を作っているほかにも調べ物のために、離れの外に頻繁に出ていっている。きっと監察官として領主やドランの調査をしているのだろう。夜はシュイの隣で寝ているが、今のところ寝返りを打っても触れない位置で、何もされずに済んでいる。一緒に横になると、何かされるのではとびくびくしていたが、いつの間にか慣れてしまった。ただ、起き抜けにあの綺麗な顔がすぐ近くにあるのは心臓に悪いなと思う。

エハは一度も姿を見せてくれないけれど、離れの使用人部屋で寝起きをして、食料をもらいに本邸の厨房に行ったり、掃除をしたりしているらしい。たまに足音やルサと話をしている気配がする。

一部屋の中しか移動できないシュイが見付けたやれることは、自分の部屋の掃除と浴室での洗濯くらいだ。あとは、絵本を眺めたり、窓の外を眺めたり、ずっと一緒にいてくれるウーを撫でることくらいしかない。

ふと人の気配を感じて、シュイは扉を見た。隙間から覗く茶色の頭が見えた。

「エハ？」

三日ぶりに見るエハだった。

「エハ！」

嬉しくなって立って近付くと、エハの嫌そうな顔が見えた。

「あ……」

シュイはエハまであと数歩というところで立ち止まった。

「……ルサさんに用事があるんだけど、ルサさんは？」

苛立たしい様子でルサの名前を出されて、自分の様子を見にきてくれたわけではなかったのだと意気消沈する。

「今、いないけど……」

「じゃあいい」

答えるとエハはすぐに踵を返した。

「エハ！　待って！」

シュイは慌ててエハを追いかけ、限界まで伸びた鎖に足を引っ張られて顔から転んでしまった。

「っ」

「馬鹿。何してるんだよ」

気が付いたらエハが目の前にいて、シュイを助け起こしてくれる。

「あっ。あー、オメガを触っちゃったじゃないか、クソッ」

エハはしまったといった様子でシュイに触れた手をわざとらしく服に擦り付けて拭う仕草をした。

「ありがとう、エハ」

シュイは赤くなった額に手を当て、礼を言う。

「なんで笑ってるんだよ」

「だって、久しぶりにエハとちゃんと話できたから」

シュイの答えにエハはなんとも言えない顔になり、深く息を吐き出した。

いつもだったら、髪をぐしゃぐしゃにしてくれていたところなのになと、シュイは残念に思った。

少しの間、二人とも無言になる。

「あ、あの、エハ。ルサは夕方にならないと帰らないと思う」

エハはぴくりと柳眉を動かした。

「ルサ？　随分、親しげな呼び方だな？」

シュイの言葉は、エハの悋気《りんき》を刺激してしまったらしい。

「ルサがそう呼べって……」

ことあるごとに名前を呼んでと言われて、とうとうシュイが根負けしたのだ。

「お前、いい気なもんだな。働きもしないで、ルサさんにあれこれ世話までさせて」

「あ、あれは、治療で……」

言い訳をしたが、実際、ルサの世話になりっぱなしだ。離れ自体はマザクのものだが、シュイの身の回りのものも、食事も、全部と言っていいほどルサが調達してきてくれたものらしい。部屋の中は最初はがらんとしていたが、今は生活感が出てきている。絨毯は二重になってさらにふかふかの座り心地になり、もたれるための腰枕がいくつも置かれている。

二日目に交換された寝台の敷布や、脱衣所に準備された身体を拭くための布も柔らかくて肌触りのよいものばかりだ。

「知ってるか？　お前の使ってる薬も布も、その服だって、滅茶苦茶高価なものなんだぞ。お屋敷ならドラン様くらいしか使えないようなものだ」

「え？」

安くはないだろうとは気付いていたが、そこまでのものとは思っていなかった。ルサは話題に上ったときに、ついでとか、治療のためだからとしか言ってくれなかった。

「俺さ、ルサさんのこと好きなんだよね」

口籠るシュイに、エハは唐突に告白してきた。

「好き？　え？　で、でも、ルサは男だよ？」

「関係ない。そんなの今更だろ？　俺はお前と違って奴隷仲間や使用人達からずっと尻を付け狙われてたんだ」

シュイは瞼を僅かに伏せた。エハはその容姿のせいで男から狙われていて、危ない目に遭ったことも数え切れない。逆に自分の容姿と身体を餌《えさ》にして利用していたこともシュイは知っている。エハはその度に、大したことないと言っていたけれど。でも、それとエハの本来の性的指向は別の話だ。

「領主様が俺のこと気に入ってくれたら解放してくれるかなって思ってお前に付いてきたけど、ルサさんに出会っちゃったからな」

エハはうっとりとした瞳になった。ルサのことを思い浮かべているのだろう。

「ルサさんは見た目も最高だし、優しいし、なんかこう上品だろう？　きっと暮らしにも不自由してないと思うんだよな。あんな人になら抱かれてもいい」

「エハ。それでもあの人はアルファで」

「知ってる。だからなんだよ。お前はオメガだからあの人に構われてるだけだ」

「オメガ、だから……」

「そうだろ？　オメガはアルファを惑わす淫魔だ」

「っ」

琥珀の瞳がシュイの首を捉える。そこには白いレースの首輪が嵌まっている。

「その首飾り、ルサさんにもらったのか？」

「これは首飾りじゃなくて」

「寄越せ」

「え？」

エハは苛立った様子でシュイの首輪に手をかけた。

「待って。これは……」

「うるさい。こんな綺麗なもの、お前には全然似合ってないんだよ」

争いの声を聞きつけたウーがエハに飛びかかろうとしているのが見えた。

「ウー、待って。大丈夫だから！」

シュイは慌てて跳躍しようとしていたウーの背中を押さえる。

エハは一瞬ウーに怯《おび》えてシュイから距離を取ったが、ウーの背中を撫でて宥《なだ》めるシュイの背後に近付いて再び首輪に手をかけた。

「エハ！」

エハは、ウーを押さえているせいで手の塞がったシュイの首輪を乱暴に引っ張った。金具がバキンと壊れる音がした。壊れた金具がシュイの首筋を擦《こす》りながら首輪はエハの手に収まった。シュイがウーの背中に手を添えたまま振り向くと、繊細なレースはエハの拳の中で皺くちゃになっていた。

「い、いいな？　俺の邪魔をするなよ。お前なんかあの人に相応《ふさわ》しくない」

最後に憎々しげな眼差しをシュイに投げ付け、エハは部屋から出ていった。

「エハが、ルサを、好き……」

エハの告白は何故かシュイの胸を深く抉《えぐ》っていた。

きゅうっと鳩尾《みぞおち》が引き絞られるような痛みを訴えた。

首輪を外されたのに、息苦しくなった気がした。

○　○

「シュイ。首輪は？」

「……捨てた。やっぱり首輪とか、窮屈だし暑いし」

夕方に戻ってきたルサに開口一番に聞かれてシュイは思わず嘘を吐いた。窮屈さは感じていなかったし、離れは緑と水路に囲まれているから大して暑くもない。ルサが何か言いたげな視線を投げかけてくるが無視した。

エハは、ルサを好きなのだ。確かに、ルサだったらエハの夢を全部叶《かな》えてくれるだろうし、大事にしてくれるだろう。でもルサは……。エハと話してから繰り返している思考は、必ずそこで止まる。

ルサは……。


近くまでやってきたルサをシュイは見上げる。ルサは相変わらず端整な顔でどうしたと首を傾げてから目を細めた。

「首、怪我してる」

「え？　どこ？」

確かにじくじくしているのに指摘されて気付く。金具が擦っていったあのときだ。

「血が滲んでるね。薬、塗っていい？」

嘘を吐いた疚《やま》しさから拒否できなかった。ルサは薬を持ってきて、シュイに近付いてくる。

「触るよ」

ぐっと歯を食いしばって身を固くする。

薬をまとったルサの指先がゆっくりと触れてきた。

「っ」

一瞬ぞくっとしたが、覚悟して臨んだからか、最初に出会ったときのような衝撃は訪れなかった。ルサの手付きは優しく、僅かに感じる体温は温かい。

何も起きなかった安堵からシュイは身体からゆっくり力を抜いた。

「はい、おしまい」

ルサは薬を塗るだけですぐに手を離してくれた。

「これは治療させてくれたお礼」

ルサはそう言うと、自分の髪を結わえていた紐を解き、シュイの手首に結んだ。紐には石の飾りが何粒か付いている。黒や緑のそこら辺に転がっていそうなものだ。

「こんなもの……」

「大したものじゃないけど、俺のお守り代わりなんだ。国を出るときに家族からもらったんだ。弟達が集めてきた石で作ってくれたんだよ」

「そんな大事なもの、いらない」

家族という単語はシュイを動揺させる。

「もうシュイにあげたから返品は受け付けない。嫌ならそれも捨てて」

そんなことを言われても捨てるわけにもいかない。シュイは不承不承《ふしょうぶしょう》受け取ることにした。これくらいの物なら目立たないし、高くもなさそうだから、エハにも奪われないだろう。

「シュイ」

「え？」

手首の紐をじっと見ていると、ルサがゆっくり手を握ってきた。大きな手は力強く、温かかった。

「好きだよ」

澄んだ黒瞳にまっすぐに目を見られながら告げられる。どくんと触れられている手の手首の辺りが疼《うず》いた。

「っ」

瞬間、エハの言葉が脳裏に蘇る。エハはルサを好きなのだ。邪魔したらエハにもっと嫌われる。

「俺は、嫌いっ……」

咄嗟に口を衝いて出た言葉に、何故か胸が痛んだ。

でもルサの方がもっと悲しそうな顔になった。

「そう」

ルサは手を離してそれだけ返した。

「ごめんね、突然。治療でもやっと君に触れられたと思ったら我慢できなかった。でも振られても諦めないよ。まだ出会って三日だしね」

清々《すがすが》しい笑顔だ。

シュイは自分で嫌いと言ったのに、諦めないと言われて何故か安堵していた。

「……それって、俺がオメガだからだろ？　別に俺じゃなくても」

シュイの脳裏には昼間のエハの言葉が蘇っていた。オメガはアルファを惑わす淫魔だ。

「違うよ。君だからだよ」

ルサの瞳が優しく細められる。

「嘘吐くなよ。俺のどこにあんたに好かれる要素がある？　オメガだってことを置いても、あんたのこと嫌ってるし、こんなに醜いし」

「シュイ。そんなに自分を卑下するものじゃない」

やんわりと窘められてもシュイは自分を止められなかった。

「卑下じゃない、事実だ。それどころか頭も悪くて字も読めないし、非力で力仕事も半人前、鈍くさくて、貧乏くじばっかり引いて……、だから親にも売られた！」

はあはあと息を荒くして思い切り吐き出した。それはずっとシュイの腹の底に澱《おり》のように溜まっているものだった。

「シュイ」

ルサが再び手を握ってくる。両手を大きくて温かい手に包まれて、シュイは振り払えなかった。

「君は綺麗だよ。赤い髪は手入れをすれば極上の絹のように君を飾るだろうし、太陽の下では緑の煌めきを帯びる灰色の瞳は宝石みたいで大きくて吸い込まれそうだ」

ルサはまずシュイの容姿を褒めてきた。そんなこと、誰にも言われたことがなかった。鳥の巣のようにぼさぼさの赤い髪にも、悪目立ちする不気味な灰色の瞳にも、シュイは劣等感しか覚えたことがない。

「そんなわけない。大げさで嘘くさいし恥ずかしい」

シュイの返しにルサは「本気なのに」と眉尻を下げる。

「字を読めないのは頭が悪いからじゃなくて学べなかったからだし、非力なのは小柄なせい。鈍くさいのは飲まされていた薬の影響だろうし、貧乏くじを引くのは君が優しいからだろう?」

ルサの言葉の一つ一つが乾いた大地に降る雨のようにシュイに染み込んできた。

「優しい?」

「そう。いつも損している人間っていうのはね、大抵優しい人なんだ。誰かに迷惑をかけたくない、辛い仕事は自分が請け負おうとするから、結果として損をしてしまう。シュイが今ここにいるのだってエハ君を放っておけなかったからだろう?」

「俺は、そんな立派な人間じゃない……」

本心からそう思う一方で、どうしてか泣きそうで、それでいて頬が緩みそうになってしまった。

「俺はそんな君を尊敬するし、眩しい」

ルサはさらに褒めてくる。

怖いと思っているはずの相手に褒められて喜んでいる単純な自分に呆れてしまう。

「それから、親に売られたという件だけど。前にも言ったけど、俺はどうしても信じられない」

「でも事実だ」

親の話題にシュイの心は急速に冷えていった。ルサからもらったばかりの手首の飾り紐がずっしりと重い。

「本当にそうかな」

ルサは真剣な表情でシュイを見詰めてきた。

「どういうこと?」

「シュイって名前の意味を知ってる?」

シュイは頭を振った。

「古い言葉で、幸福という意味だよ」

「幸福……」

「そんな名前を付けた両親が君を捨てたりするだろうか」

「でも……」

自分の名前の由来なんて知らなかった。それでもルサの言葉をどうしても受け入れられない。自分は売られたのだから。

困惑するシュイの手をルサはそれ以上は何も言わず、ずっと優しく握ってくれた。

○　○

シュイは手元の絵本をじっと見詰める。

小さな家と、男性と、女性と、子供の絵が描かれている。次頁には、子供と月。その次の頁は子供と星。その次は子供と雲。そして、子供と太陽。

どうやら、子供が家を飛び出して、夜から朝にかけて旅をしているようだ。どの頁にも出てくる文字の組み合わせは、きっと子供という意味か、子供の名前かどちらかだろう。だとすると、他は、月とか、星とか、雲とか、太陽に違いない。でも、それ以上はわからない。

「シュイ?　明かりも付けずにどうしたの?」

「っ」

シュイは咄嗟に絵本を背中に隠した。夕方に水浴びをした後に、絵本を見始めたのに、いつの間にか夜になっていたらしい。

ルサがランプに火を入れて、部屋が明々と照らされた。このランプもルサがどこからか入手してきて持ち込んだものだ。

「ただいま。ごめん、遅くなって。食事にしよう。これ飲んでて」

ルサはシュイが隠したものを追及せずに、いつもの薬を渡してくれる。シュイはもう慣れた味を飲み干した。椀と一緒に持ってきてくれた瓶の中から黄色い果実の砂糖漬けを取って口にする。ねっとりとした食感で、少し不思議な風味がするこれはマンゴーという名前らしい。

「お待たせ」

ルサは料理の載った盆を持って大した時間もかからずに戻ってくる。

「エハ君、料理が随分上達した。彼は料理に向いているみたいだね」

半月が経った。最近では、ルサが仕事に行っている間にエハが一人で料理をすることも増えた。最初は、食材の大きさが不揃いだったり、味が濃かったりしたが、シュイでもわかるくらいどんどん美味しくなってきた。エハは、ちゃんと働いて生きているのに、自分は……。シュイの胸にもやっとしたものが生まれる。

「さあ食べよう」

ルサは自分の前にも同じものを並べる。さすがに最初の日ほど大量の料理が並ぶことはないが、パンとスープの他に必ず三品は付く、シュイにしてみれば贅沢過ぎる食事だ。

「いただきます」

シュイは作ってくれたエハに心の中で感謝して、食事を進める。

「おいしい」

「そうだね。本当に上達した。ちょっと悔しいな」

「悔しい？」

「だって。美味しいもので君の好感度を上げたいのに、エハ君に並ばれると、意味がなくなる」

どうやらルサは勝手にエハを恋敵認定しているらしい。実際は、エハはルサを好きなのに。そのルサはシュイを好きだと言う。じゃあ自分は……。考えたら、シュイの胸に言葉に表せないようなものが生まれてきた。

「俺とエハはそんなんじゃない」

「わかってるよ。これは俺の勝手な嫉妬」

ルサは笑顔で自分の醜い部分を簡単に曝《さら》け出す。そういうところも、シュイには理解できない。

ちょっと待っててとルサは食事の終わりかけに厨房に行き、見た目が花のような形の甘い香りのするものをいくつか持ってきた。

「食後にどうぞ。摑んでそのまま食い付いたらいいよ」

差し出されたものを手にするとふわふわとしていた。甘くて香ばしい匂いに誘われてがぶりと嚙み付く。

「！」

空気を嚙んでいるみたいな感触のふわふわのものの奥まで歯を立てると、とろとろした甘いものが滲み出てくる。とろとろのものは果実を煮詰めたもののようだった。

「お菓子ならまだまだ俺の方が上だと思うんだけど？」

ルサはどうだとばかりに腕を組む。

「美味しいよ」

素直に感想を告げると、ルサが破顔した。

「よかった。残りは明日のおやつにでもして」

ルサはうきうきした様子で残りを布に包んで渡してくれる。布には綺麗な色の紐までかけられていた。

「でも、俺、砂糖漬けの方が好き」

確かに頰が落ちるくらい美味かったが、シュイには砂糖漬けの方がもっと美味しく思えてしまう。

途端にルサが肩を落とす。

「あれは市場で買ったもので、俺が作ったわけじゃ」

シュイはおかしくなって吹き出した。ルサは、エハやウーだけではなく、とうとう砂糖漬けにまで嫉妬したらしい。

「そんなに俺によく思われたいならさ。これ……」

シュイはずっと背中に隠していた絵本を持ち出した。

「文字、教えてくれるってやつ、まだ有効？」

先日、ルサに腹の底に溜まったものを吐き出し、受け止めてもらって以来、シュイの中で何かが変わってきていた。努力して何かが変われるならという前向きな気持ちが少しずつ生まれてきている。ルサの治療が始まってから、以前より頭がすっきりしている気までする。

「うん、もちろん」

ルサは即答してくれた。シュイはほっとする。

「あの、でも、お願いがあるんだ」

「なに？」

「エハにも、教えてあげて欲しい」

「エハ君にも？」

ルサが黒瞳を瞬かせ、シュイの真意を探るようにじっと見てきた。

「……うん」

エハはルサを好きなのだ。これ以上ルサの時間を奪うと、エハにもっと嫌われてしまう。エハがルサを好きだというなら協力しないとと思うのに、何故かもやもやしてきて、拳に力が入る。

ルサはすぐには返事をくれなかった。

「……いいよ」

少しの間の後に同意してもらえてシュイはほっとした。

「ただし、条件がある」

「条件？」

ルサが真剣な顔で言うので、シュイはごくりと喉を鳴らした。

「君の髪を切りたい」

一転、悪戯《いたずら》っぽく告げられた条件は思いも寄らないものだった。

「別にいいけど。でも、こんなもの切ったたって何の得があるんだよ」

シュイは自分の髪に手をやる。ぼさぼさの赤髪だ。ただ、毎日洗っていて日に当たらなくなったせいか、少し落ち着いてきて下に伸び、目を隠すので邪魔だった。切ってもらえるなら逆に助かる。これを切ることが条件だなんてルサの考えることはよくわからない。

「得はあるよ。俺にとってとても得なことがね。じゃあ、明日にでも切ろう。必要な道具を揃えてくる」

ルサは思わせぶりに応じた。


ざく、ざくっと音がするたびにシュイは身を強張らせた。

今まで、髪は気になるくらい伸びると、適当に束ねて自分で切ったことくらいしかなかった。人に切られるということが、とても緊張するのだと初めて知った。だって、刃物が自分の顔のすぐそこを移動しているのだ。少しでも動いたら、肌までざっくりいってしまうかもしれない。

「できたよ」

ルサに声をかけられてシュイはゆっくり肩から力を抜いた。そっと目を開ける。

頭が軽い気がするし、視界を邪魔するものがない。

「ちょっと待った。これを塗るから」

ルサは特製品だという髪油を隅々まで塗り込んでくる。そうすると、相変わらず癖っ毛だが、以前のようにぼさぼさではなく、少しうねりがある程度になっていく。

「うん、これでシュイの可愛い顔がよく見られるようになった。すごく得した」

「だから可愛いって言うな」

シュイは正面に回ってきたルサの顔から目を逸らした。エハのことを思うとあまり仲良くなっては駄目だと思うのに、綺麗な顔でぐいぐい近付かれると、どうしても拒絶できない。

「本当のことだからね。それに少し肉も付いてきたし、肌の状態も大分よくなってきて、益々《ますます》綺麗になった」

確かにガリガリだった身体は少しふっくらしてきたし、日を浴びていないこともあって肌の赤みがマシになり、以前より滑らかになってきた気がする。青黒い折檻《せっかん》の痕はもうすっかり消えてしまった。でも綺麗なんて言葉は言い過ぎだ。

「信用してないな。鏡を持ってこようか？」

ルサの言葉にシュイは首を横に振った。誰かの瞳や水に映った歪んだ自分くらいしか見たことがないが、散々醜いと言われ続けた自分の顔は嫌いだった。鏡なんてものではっきり見てしまうともっと嫌いになりそうだ。

ルサは残念そうにしたが、引いてくれた。

「じゃあこれは髪を切らせてくれたお礼」

ルサは何かするたびに、お礼やご褒美だと言って必ず何か一つくれる。お菓子だったり、小物だったり様々だ。

今日のはエハにも文字を教えてもらう代わりだったはずだと思っていると、渡されたのは羽根つきのペンだった。

「これ、俺、の？」

「もちろん。インクと紙もどうぞ」

ルサは紐で束ねられた紙片と、インク壺も取り出した。

「……ありがとう」

シュイは小さな声だが、素直に礼を言った。

ルサは相好《そうごう》を崩した。

「どういたしまして。打ち解けてきてくれて嬉しい」

ルサの指先が切ったばかりの前髪をちょいと摘んで離れていく。ふわりとルサの甘い匂いが漂ってくる。シュイは顔が赤くなったのを自覚した。

「べ、別に……。あ、エハ、エハの分は？」

「でもまだまだエハ君には勝てないか」

ルサの言葉に、シュイの隣で寝転がっていたウーがワンと鳴いた。

「はいはい。ウーにも勝ててないよ。俺はまだシュイからは触ってもらったこともないからね」

ウーに負かされて不貞腐《ふてくさ》れるルサにシュイは思わず笑っていた。

「笑わないで欲しいな。俺は必死なのに」

「あ、ごめん」

怒られたが、ルサの表情は笑ったままだ。

「エハ君の分はちゃんと別に用意してある」

ルサは先ほどの質問に答えてくれる。

「……エハ、ルサに教えてもらうの嬉しいと思うから、俺よりも優先してあげて」

首筋の、もうすっかりよくなったはずの擦り傷がひりひりする気がした。ルサは困った顔になる。

「彼には空き時間に少しずつ教えることになってる」

「空き時間？　あ、そっか。エハは働いているから……」

エハは朝と夜はルサと一緒にこの建物で食事の準備をしたりしているが、昼から夕方までは領主の本邸の方で下働きの仕事をしているらしい。その事実がまたシュイのエハへの罪悪感に拍車をかける。

「シュイ、どうかした？」

暗い表情になったシュイに気付いたルサが覗き込んでくる。

「何でもない」

「そう？　じゃあ、最初にこれだけ教えておくよ」

ルサは紙片を束ねていた紐を解き、一枚の紙を取り出して文字を書く。絵本の中でも見たことのない組み合わせだ。

「これが、シュイ」

「俺の名前？」

「そう」

まじまじと見詰める。自分の名前がどんな文字なのかなんて考えたこともなかった。これがそうなのだと思うと、なんだか特別なものに思えてくる。この文字に、幸福という意味があるのだと思うと不思議な気分だった。

「それからこれが、ルサ」

ルサはシュイの隣に新しい文字を書き込んだ。

「ルサはね、古い言葉で、光の意味」

「光……。それって、あんたが光るから？」

「違う違う」

ルサは苦笑した。

「俺の母さんは若い頃に辛い境遇にあったから、俺の存在が光になるようにって父さんが名付けてくれたらしい」

ルサの両親。思いを馳《は》せようとしたところでウーが首を起こしてワンと抗議してきた。ルサが呆れた顔になって、ルサの文字とはシュイを挟んで反対側に文字を書き込む。

「これがウー。これでいいだろう？」

文字を理解しているとは思えないが、シュイの横だと何度か指差して説明されたウーは納得したようにワフと鳴いて元の姿勢に戻った。

「両親って、二人とも、白国出って言ってた？」

マザクに言っていたことを思い出して聞くと、ルサが瞬く。

「覚えていてくれたんだ。そうだよ。父さんが生まれたのは黒国だけどね」

「父さんってアルファ？」

確か、アルファはアルファの父親とオメガの母親からしか生まれないはずだ。うろ覚えの知識を引っ張り出して問うと、ルサが頷いた。ルサの父親は白国の血を引く黒国人らしい。

「母親はオメガだよな？　確か、白国ではオメガは全員月《つき》の宮《みや》とかいう所に閉じ込められてるんじゃなかったっけ？」

「それは少し古い知識かな。今は気軽に外に出られるようになってるよ。外で暮らしているオメガもいる。母さんが月の宮にいた頃はシュイの言う通りだったけど」

「なら、どうやって黒国人のアルファと出会ったんだ？」

ルサは少し言い難《にく》そうにして、息を吐き出し、シュイを見詰める。

「当時の白国はどうにもならないところまで衰退が進んで、酷い状況になっていたからね。オメガは国のためにアルファを産むことを義務付けられていた。でも母さんには十八歳になっても発情期が来なかったから、アルファを産めないとされて月の宮の外に出されてしまったんだ。そこでたまたま父さんと出会ったんだ」

白国ではオメガに対する差別が激しいから月の宮という場所に保護されていたはずだ。そんな場所からいきなり外の世界に放り出されるなんて大変だっただろう。でも、それ以上に、発情期や子供を産む義務という言葉が、今のシュイには重く感じられた。

「シュイ？」

「オメガってなんなの？　男でも子供を産む化け物で、子供を産まなきゃ役立たずなんて」

低く呟いたシュイの頬にルサが触れてきた。シュイは反射的にその手から逃げてしまった。

「ごめん。驚かせたね」

ルサが謝るのにシュイは頭を振った。

「黒国ではオメガは大切な存在だ。子供を産む性は優先されるべきものという考えが根底にあるから」

ルサはそこで一旦区切る。

「白国では……。白国のオメガの立場が弱かったのはね、アルファのせいなんだ」

「アルファのせい？」

「昔のアルファがオメガを求めて、自分達だけのものにしようと画策した。ベータに渡したくないから、オメガを蔑みの対象にして保護するという大義名分を掲げて月の宮に閉じ込めたんだ」

シュイは瞬く。

「以前、化け物というならオメガではなくアルファの方だって言っただろう？」

ルサと出会ってすぐの頃のことを思い出し、シュイは頷いた。

「アルファが現れなければ、オメガは白国や赤国で酷い目に遭うこともなく穏やかに暮らせていたはずだ」

「でも、他の動物は発情しても男が子供を産んだりしない」

ルサはゆるりと頭を振った。

「人間を他の獣と同列に語るべきじゃないし、雌雄同体の種や、後天的に雌雄を変化させる種だっている。生物は環境に適応していくらだってその有り様を変える」

ルサの話は少し難しい。でも、シュイの胸に訴えてくるものがあった。

「男の身体で子供を産めるのも、周期的な発情も、周囲に当たり前に受け入れられてきたからこそ、オメガはこの土地に広く定着していたんだ。オメガを化け物にしてしまったのは、ベータとオメガの間に突然割り込んできた俺達アルファなんだよ」

ルサは申し訳なさそうに告げる。

ここに連れられてきた日、ルサがアルファとオメガの関係についてムキになっていたことをシュイは思い出した。オメガがアルファを生かしてくれるのに、一部のアルファはオメガを窮地にも立たせた。ルサはアルファが犯した罪を、同じアルファというだけで苦しく思っているのか。

「ルサは別に悪くないだろ」

シュイの言葉にルサは目を細めた。

オメガの存在は、本来自然なもの。ルサの言葉がシュイの心にじわじわ染み入ってくる。

「……少し、一人にして欲しい」

シュイの言葉にルサはわかったと応じた。ウーに頼むと言って部屋から出ていく。ウーは心得たとばかりにシュイに身体をぴったりと寄せるように移動してきた。シュイはそのふわふわの白の毛並みを撫でる。

「お前、オメガが好きな犬だったな。やっぱり俺、オメガなのか？」

ウーはくぅんと小さく鳴いて尻尾をばさりと振った。

「そっか」

最初はただただ反発して、認めたくないと思った。だけどそろそろ向き合うべきなのかもしれない。シュイはそう思い始めていた。

○　○

「ただいま。最後をもう少し伸ばすと綺麗《きれい》な字になるよ」

「こう？」

「そう、上手《じょうず》だね」

髪を切った日から数日が過ぎた。シュイは日中はほとんど字の勉強をしている。ルサはシュイの隣に腰かけてきた。

ルサは部屋にいるときはいつもシュイに文字を教えてくれている。シュイは絨毯《じゅうたん》の上に置いた文机《ふづくえ》を前にして座っているので、ルサはその隣でシュイの手元を見てきた。

「あ、待った。そこは一旦離して」

ルサの指が触れてきてシュイの心臓が飛び跳ねた。

「っ、う、うん」

ルサの体温はシュイよりも高い。指が触れ合っただけで一瞬で熱が移ってくる気がする。いつの間にか触られることに抵抗感はなくなっていたが、その温度にドキドキしてしまう。ちょうどきりのよいところでシュイはペンを置いた。

「エハは？」

エハがいるなら、エハの方の勉強を優先させて欲しい。そのためにシュイはいつもルサに聞いている。

ルサは苦笑する。

「エハ君にはさっき本邸の方で会って話してきたよ。もう少し戻ってこないみたい」

「そっか」

ルサの答えにシュイはほっとする。

「ねえ、シュイ。俺と一緒に外に出てみないか？」

突然ルサが提案してきた。

「外？　これ、あるけど」

シュイは座ったまま片足をちょいと動かす。足枷《あしかせ》に取り付けられた鎖がじゃらりと鳴る。

「外せるって言っただろ」

ルサは細い金属の棒を懐《ふところ》から取り出した。小指よりも細くて、先端は少し曲がっている。以前にも見せられたが、やっぱりそんなもので鎖が外せるとは思わない。

「アルファって怪力もあるんだな」

大勢の盗賊に一人で負けないのもかなりのことだが、鎖を引き千切るのは人間ではありえない。

「確かにベータよりは力がある。でも、これは君でもできるよ。やってみる?」

シュイは半信半疑ながら頷《うなず》いて棒を受け取った。

「この辺りをこう引っかけて」

言われた通り、鎖に付けられた錠の輪に棒を差し入れる。

「こうやって思いっきり回してみて」

言われた通りにするとバキっと音がして錠が壊れた。

「え? なんで?」

「強度の違いだよ。この錠に使われてる金属、意外と脆《もろ》いんだ。この棒は黒国で作られた特別製の金属でできている。本当は薬に使う硬くて小さい実を潰したり掬《すく》ったりするための薬匙《やくさじ》なんだけどね」

本当に軽い力であっさり壊れた錠にシュイは腹の底からおかしさが込み上げてきた。

「そうだよな。いくらアルファでも素手で鎖を引き千切ったりできないよな」

シュイの言葉にルサは謎の笑みを浮かべて返す。何故《なぜ》か肯定はしない。

「じゃあ、行こう。これに着替えて」

まさか、と思ううちに渡されたのは男物の服だった。エハが着ている使用人の服だ。

「上流階級の格好の女性を連れ歩くと目立つからね」

ルサは早くと急《せ》かして背中を向けるので慌てて着替えた。奴隷のものより上等だが、久しぶりにズボンを穿《は》くとなんだか落ち着いた気分になった。

「できたよ」

ルサが振り返る。

「じゃあ、最後にこれ。顔を隠して」

目立つ赤い頭に白い布を被《かぶ》せられ、首回りで巻いて口元を覆われる。目元だけが出ているのは女性用と同じだが、女性ものが腰まであるのと違ってこちらはそんなに長くない。日差しが強いときに男性が使うものだから、この季節ならこの格好で街中を歩いてもおかしくはない。

「ウー、留守番を頼むよ」

ルサに言われると、ウーはちょっと不服そうな顔で、ワンと応じた。

「ウー、行ってくるね」

続いてシュイが声をかけると、ウーは尻尾《しっぽ》をばさばさ振って応じる。

「あいつ、すっかり俺よりシュイに懐いてる」

ルサがぶつぶつ言うのにシュイは笑ってしまった。ルサに腕を引かれて、この離れで暮らし始めてから初めて寝室を出る。重みのなくなった足が軽かった。

離れの建物の外に出ると、眩《まぶ》しい日差しに目を細めてしまった。屋敷の中は緑と水路のおかげで涼しいはずなのに、一瞬で汗が吹き出た。被せてもらった布がなければやっと赤みの抜けてきた肌がまた焼けていただろう。

「馬には乗れる？」

「乗ったことない」

「じゃあ、おいで」

ルサの馬はすでに建物の前に準備されていた。シュイはルサに背を押されておっかなびっくり馬の背に乗る。馬は温かくて力強かった。その後でルサが軽やかにシュイの前に乗ってきた。

「揺れるから摑《つか》まってて」

まだ馬は歩いていないのに既に揺れが怖かったのでシュイはルサの腰を摑んだ。

「やっとシュイから触ってくれた」

「っ、これは……！」

離そうとした瞬間、ルサは馬を歩かせ始めてしまった。シュイは離すどころかもっとしっかりルサにしがみ付いてしまった。ルサが笑う。わざとだ。

「こんなの卑怯《ひきょう》だ」

「しぃ。人目があるから黙ってて。舌も噛《か》むよ」

ルサの言葉にシュイは文句を言いたいのをぐっと我慢して口を閉ざす。ルサの肩が笑いを我慢するようにに小刻みに揺れたので、シュイはルサの腰をぎゅっと抓《つね》ってやった。

ルサは「痛い痛い」と言いながら、やはり上機嫌だった。


ルサはいつの間にか知り合いになっていたらしい領主の屋敷の門番に、買い物に行くから荷物運びに使用人を一人借りていくと告げてあっさりと外に出た。そのまま馬に乗って街中を進む。

来たときには余裕がなくて見られなかった街中は、噂《うわさ》に聞く通り賑《にぎ》やかだった。露店には見たこともない食べ物や道具が沢山並んでいる。

「すごい……」

「そう？　でも、黒国の方がもっと賑やかで面白いものや美味《おい》しいものが沢山あるよ」

これより賑やかと言われてもシュイには想像不能だ。

通りかかる人がルサをことごとく注目してくる。馬上のルサは、まるで貴公子《きこうし》だ。改めてルサの際立った容貌《ようぼう》を思い知らされるが、ルサはどれだけ熱い視線を送られても気にも留めない。

「皆、ルサを見てるけど」

シュイがそっと知らせると、ルサがとびきりの笑顔で振り向いた。

「俺には君しか見えてないけど」

「っ！　あ、危ないだろ！　前を向けよ」

ルサはにこやかな表情のまますぐに前を向いてくれた。シュイの心臓はばくばくうるさい。危なかったからだと思いたいけれど、脳裏に残るのはルサの笑顔と言葉だ。

大きな通りを出た後、市街地を囲む外壁の外に出ていく。

視界いっぱいに荒れた大地が広がる。日が傾き、一面が真っ赤に染まっていた。熱気が夜の訪れとともに吹き始める風に流されていく。赤国の夏で一番過ごし易《やす》い時間帯だ。

「どうした？」

世界に見惚《みと》れていると、ルサが前を向いたまま声をかけてきた。

「なんか、前より世界が広く見える」

空は涙が出そうなくらい鮮やかな色合いだし、遠くの岩の形までくっきりと認識できた。

「それはきっと、薬が抜けているせいだよ。ちゃんと治療が進んでるんだ」

そう言えば、飲まされている抑制薬には感覚を遮断する作用もあると言っていた。

ずっと見てきたはずの世界が、今までとは違って見える。まるで別世界に迷い込んできたような気になってきて、不安でルサの腰に回す手に少しだけ力を込めた。ルサは何も言わないでいてくれた。

「ここは？」

荒野に残る轍《わだち》のうちの今にも消えそうな一つに沿うようにして進んでいくと、太陽が地平線に接する直前で目的地に到着したらしい。

少しだけ開けた場所だった。轍が途切れていなければそこはただの荒野の一角だっただろう。だが、自然にできたものではない石の塊が点在している。それぞれの塊は大きくて両手に抱えられる程度の石が十や二十ほど重ねられていて、一番手前や上に置かれている石には文字らしきものが刻まれていた。吹きさらしで手入れもされていないから石には砂がこびりついているし、文字もよく読めない。

「墓地？」

ドランの屋敷の外にある奴隷用の墓場を思い出し、シュイは尋ねる。

「そう。罪人を葬るための場所らしい」

一体そんな場所に何の用なのか。

ルサは馬から降りて、シュイにも降りるように促す。シュイはルサの手を借りてなんとか馬から降りた。ルサの大きくて温かい手の感触は、離れてもシュイの手に名残をとどめる。

「大丈夫？」

「平気」

ちょっとだけ尻が痛いが、我慢できないほどではない。

「こっちだよ」

ルサはシュイを連れて墓地の奥に向かい、墓石に刻まれた名前を確認している。

「ああ、これだ」

探し当てたのは小さな墓標だった。これだけは砂《すな》埃《ぼこり》がつい最近払われた様子があって、手前に小さな花が供《そな》えられている。墓前だからと、シュイは顔を覆う布を取った。胸に手を当てて死者への礼を執《と》る。

「これは誰の？」

しばしの黙礼の後、隣で同じように死者への挨拶を終えたルサに問いかける。ルサは黒瞳を切なげに細めた。

「今君が住んでいる離れの以前の住人」

「あそこに罪人が住んでたのか？」

驚いたシュイに、ルサはもっと切ない顔になった。

「違う。調べた限り、住んでいたのは、マザクの妾《めかけ》だったらしい。女の格好をさせられていたみたいだが、マザクの性的指向からすれば間違いなく男性のオメガだ」

「オメガ？」

「そう。罪なんか犯していないのに、オメガというだけで亡くなった後にここに葬られたんだ」

予想外の答えにシュイは愕然《がくぜん》とした。
「あそこに、オメガが？」
「十五年ほど前にどこからか連れられてきて妾にな
ったそうだ。でも、少し前に亡くなってしまったら
しい。病気か、あるいは……」
ルサは皆まで言わなかった。初日に会ったきりの
マザクを思い出す。僅《わず》かな間しか会っていないが、
逆らった者には容赦しなさそうな性格に見えた。思
い通りにならなかった相手に何をしていてもおかし
くない。
「この人が亡くなったから代わりに俺が領主様に売
られたの？」
シュイは目の前の小さな墓標を見詰めた。供えら
れた花が乾いた夜風に吹かれて揺れる。
ルサはかすかに頷いて返した。
「彼には子供ができなかったらしいし、多分ね。披《ひ》
露目《ろめ》の宴のときの背格好だと、その当時で十代前半
の子供だったそうだ」
今のシュイよりも年下だ。そんな子供が十五年も
一人であの離れに閉じ込められていたのか。
「もう少し早くこの街に来ていれば救えたかもしれ
ないのに。俺はアルファでせっかく強い力を持って
生まれたのに、こうして救えなかった人が大勢いる」
墓標に向かって話しかけるルサの睫毛《まつげ》が頬《ほお》に影を
落とす。その表情は憂いに満ちている。シュイの胸
は引き絞られる。
「いくらルサでも、何もかもは無理だろ。それに、
監察官になったのは最近じゃないか」
「知ってさえいれば、俺なら救えた」
ルサは本気で言っているらしい。
少し歩こうかとルサは提案して、墓地の入り口に
繋《つな》いであった馬の手綱《たづな》を引いて元来た道をゆっくり
と進む。沈みかけの太陽が作る影が長い。乾燥した
地面をざくざくとサンダルで踏みしめるのも久しぶ

りだなとシュイは思った。

「俺はちょっと特別なんだ」

　ルサは語り始めた。

「生まれたときからアルファとしての力が強過ぎたんだ。強いアルファは普段からベータやより力の弱いアルファを強烈に惹《ひ》きつける。そんな風だから、俺は何をしても許された」

　エハにドラン、マザクまで。確かにルサは出会う全員に好意を寄せられ、簡単に信用されている。

「普段はそれでもよかった。ベータやオメガにだって、程度は違うけどそういう気質が現れる者もいるしね。誰にでも好かれる人間っているだろう？」

　シュイは考えて頷く。例えばエハだってそうだ。

「でも、アルファはそれだけじゃ済まない。ひとたびアルファとしての本領を発揮すれば、それがどんなに相手の意に沿わなくても強制的に言うことを聞かせてしまう。子供の頃からアルファの力が現れるなんてすごく稀《まれ》なことらしい。でも俺は実際そうで、小さい頃なんか癇癪《かんしゃく》を起こすたびに問題を起こしていた」

　シュイはじっと聞く。

「そうすると、今度は怯《おび》えられるんだ。何をさせられるかわかったものじゃないと遠巻きにされる」

　ルサが再三アルファの力は使うべきじゃないと言っていたのを思い出す。

「成長して自分の感情を制御できるようになって癇癪を起こさなくなると、周囲に人は戻ってきた。でも、俺は孤独のままだった」

「孤独？」

「だって俺に近付いてくるのは、ほとんどが俺のアルファの力に惹かれてきたまるで俺を崇《あが》めるかのようなベータか、俺を利用しようとする人間ばかりなんだ。対等な人間が一人もいないんだ。それにいつかまた自分が暴走して、子供の頃と同じようになるんじゃないかと思うと、自分から特別に親しい相手を作る気にもなれなかった。どれだけ周囲に人がいたとしても俺はずっと孤独を感じていたんだよ」

シュイにはルサの言う孤独は理解できない。シュイには家族はいないし、同じ奴隷仲間からすら蔑まれていた。でも、シュイにはエハがいた。

「アルファは悪魔」

ルサに出会った当初、何度も繰り返していた言葉をシュイは久しぶりに思い出す。ルサが苦く笑った。

「そう。俺は、この国で怯えられる悪魔そのもののアルファなんだ」

自虐的な言葉にシュイの胸が痛みを訴えた。

「父さんや母さん、弟達……家族には俺の力に耐性があって、家だけが俺の寛《くつろ》げる場所だった。二人の子供として十分な愛情は受けた。特に母さんはいつだって俺の味方でいてくれた。でも、母さんの一番は父さんだ。これぱかりはアルファとオメガの一対一の番の関係だから、仕方ない」

いつの間にか日が落ちていて、空は藍色《あいいろ》に塗り潰されていた。

「無駄に強い力の使い道もなく、満たされもしない。色んなものに打ち込んでみたけど、寂しさは埋められなかった。黒国でも白国でも、父さんにとっての母さんみたいな相手も見付からなくて、ずっと孤独を抱えて生きていくしかないのかと絶望していた時期もあった」

ルサの言葉を聞いていると、シュイの胸は張り裂けそうになった。自分の色んな場所がきゅうっと音がするように締め付けられて、まるでルサの気持ちに同調しているかのようだ。

ルサは確かに人を支配する力を持っているし、同じ人間とは思えないくらい綺麗な顔をしている。でも、シュイの裸に動揺して、飼い犬や菓子にまで嫉妬するような普通の人間だ。

出会い頭《がしら》にルサを化け物だとか悪魔だとか詰《なじ》った自分は間違っていたと、今のシュイは強く思った。

「俺もまだまだ子供だったんだよ」

ルサはふっと表情を緩める。きっとそうやって笑って誤魔化して、これまでの孤独を乗り切ってきたのだろう。

「監察官の話は本当は父さんに来たんだ。でも、無理を言って譲ってもらった」

「無理?」

「十代の監察官は若過ぎるって一部の偉い人に反対されたんだ。でも、どうしてもやりたかったから。天啓を受けた気分だったんだ」

ルサの表情が穏やかになる。

「この力の使い道はこれしかないと思った。アルファの孤独を癒《いや》してくれるのは結局オメガなんだ。オメガのために力を使っていれば、俺もいつか俺だけのオメガを見付けられるかもしれない。アルファの祖先が彷徨《さまよ》った末にこの地でオメガを見付けたように」

ルサは一息ついた。

「だから、シュイに出会えたとき、俺がどれだけ感動したかわかる?」

そのときのことをシュイは思い出す。ルサはやっと会えたと言っていた。

「アルファとオメガの間には、運命の相手と言われる関係が存在する」

「運命の相手……」

初めて聞く言葉なのに、シュイの心はざわつく。

「出会った瞬間から惹かれてやまない相手。最上で唯一の関係」

ルサが立ち止まり、シュイをまっすぐに見る。その黒く澄んだ瞳の中に、今広がりつつある夜空と同じように星が瞬いた気がした。ルサの名前が意味する光はその輝きにぴったりに思えた。暗闇の中に一人で浮かぶ明るい星。

「強い力を持つアルファほど運命に焦がれる」

ルサの夜空の瞳にじっと見詰められ、吸い込まれていく気がする。

「シュイ。出会った瞬間にわかった。俺の運命の相手は君だ」

シュイの身体を血潮が駆け巡った。心臓が耳から飛び出るのではと思うくらいにうるさい。瞳が勝手に潤んで、唇が震えた。

「オメガだとかベータだとかはもう関係ない。君に出会った瞬間、俺には君だけしか見えなくなった」

誰よりも強くて孤独な、美しいアルファ。

ルサが両手を伸ばしてくるのが、とてもゆっくり見えた。

背中に回された両腕に抱き寄せられても、抵抗できなかった。

二人分の鼓動が重なって、一つになる。最初から感じていたルサの好ましい匂いがもっと好ましく思えた。

「運命の仕組みは残酷だ」

ルサは耳元で囁《ささや》く。

「運命の相手にだけはアルファの力で無理やり愛させることができない。運命の力で惹かれ合っても、愛し合えるようになるとも限らない」

アルファの力は特定の相手にだけは効かないという話をシュイは思い出した。

「君に好かれるためならなんでもする」

ルサの声は小さく掠《かす》れていた。シュイの鼓動が速くなる。合わせたようにルサのそれも速くなった。

「シュイ。俺の運命」

上向くと間近からうっとりした笑顔に覗《のぞ》き込まれた。ルサのうっすら潤む瞳に自分が映っている。抗《あらが》い難《がた》い力に引き寄せられるように唇が触れ合った。

一瞬、初めて出会ったときのような、痺《しび》れる感覚

が皮膚を走った。だが、それはシュイを傷付けることなく、心地よく全身に波及していく。

触れ合う唇の感覚が鮮明だった。ルサの唇は、柔らかくて温かかった。

（どうしよう。俺、ルサと口付けしてる……）

そう思いながら、シュイはルサの芸術のように綺麗な顔を瞬いて確認して、そっと瞼《まぶた》を閉じた。ルサも同じように瞼を閉じる気配がした。

暗闇の中で感じる温《ぬく》もりは、シュイの心と身体をゆっくりと満たしていった。

「急にごめんね。嫌じゃなかった？」

しばらくそうして、名残惜《なごりお》しそうに離れたルサが吐息の触れる距離で確認してくる。鼓動はいつの間にか落ち着いていて、穏やかになっていた。唇に夜風が触れて、濡《ぬ》れた感触を突きつけられた途端、シュイの身体にあるのはもの足りなさだった。

嫌じゃない。相手は同性で、しかも悪魔だと思ってきたアルファだ。それなのに、もっとして欲しい。してくれないと唇が寂しい。

運命なんてわからない。でも、正直な自分の気持ちのままゆっくり瞼を持ち上げてルサを見詰めると、ルサがはっとした顔になった。ルサが唇に指で触れてくる。指も温かいけど、シュイの欲しいのはこれではない。シュイは無意識にルサの指に自分の指を絡めて押し退《の》けて、唇を少しだけ上向かせていた。

「シュイ」

ルサがかすかに震えた声で名前を呼んでくる。

「嫌じゃなかったのなら、もう一回していい？」

応じるように瞼を閉じると、先ほどより性急に口付けられた。

「ん……」

ルサの腕がシュイをきつく抱き締める。それがたとえようもなく心地よかった。ルサに抱き締められて口付けられることは、大好きな果実の砂糖漬けよりももっと甘いと思った。

　領主の館に戻る道では、馬上には少し慣れていたけれど、行きのときよりもしっかりとルサに摑まった。少しだけ広い背中にもたれかかると、温かいし、ルサの匂いがする。

　ルサに何か言われたら日が落ちて寒いからだと言い訳しようと構えていたが、ルサは何も聞いてくれなかった。会話はなかったが、身体の芯《しん》までぽかぽかと温かくて、退屈さは感じなかった。

「ちょっと寄り道をするよ」

　街に戻ると、ルサは脇道に逸《そ》れて、民家の前にやってきた。

「おいで」

　差し伸べられた手に、シュイは素直に自分の手を重ねて降ろしてもらう。

　民家の扉を叩《たた》くと、三十代半ばくらいの厳《いか》めしい男が出てきた。

「ルサ？　入れ」

　男はすぐにルサとシュイを招き入れる。

「そっちはもしかして、例のオメガの子か？」

　シュイはどきりとした。ルサはシュイに大丈夫だと頷いてみせる。

「シュイ。彼はソーク。赤国の国王直属の政務官なんだ。監察官の仕事を補佐してくれている。どこにでも付いてきてくれる俺のお目付役《めつけやく》みたいなものかな」

「国王直属……」

　国王の存在は知っているが、遠過ぎる存在で実感が湧かない。そういえば、監察官の仕事は、赤国と黒国の王に任命されたと言っていたのを思い出す。

「お目付役なんてよく言う。お前の力の前じゃ俺なんて何の役にも立つもんか。大した鍛錬はしてないと言うのに剣の腕は誰よりも立つから護衛なんていらないし、知識は豊富で頭は切れるから相談も必要ない。度胸は言わずもがなで、一人で決めてさっさとどこへでも行きやがる。俺はお前の雑用係みたいなもんだ」

ソークは眉間《みけん》に皺《しわ》を寄せた。厳つい顔がさらに厳つくなったが、文句を言いながらもシュイに椅子《いす》を勧め、飲み物を持ってきてくれる。出されたのは、羊の乳と甘い植物の粉を煮立たせたこの辺りではよく飲まれているものだ。奴隷の口には滅多に入らないが祝いごとの振る舞いで何度か飲んだことがある。

「どうぞ」

ソークに勧められてシュイはルサを見た。ルサもいいよと頷いてくれたので、シュイは口元の布を下ろし、一口飲んだ。シュイが以前飲んだものよりずっと甘かった。

「おいしい」

「そうか。口にあったのなら何よりだ」

ソークは腕を組んで仏頂面《ぶっちょうづら》のまま頷く。ルサへの態度には棘《とげ》があるものの、ソークは赤国人なのにアルファもオメガも疎んじている様子はない。

「ああ」

シュイの視線に気付いたソークがざりざりと髭《ひげ》を掻《か》く。

「俺はベータだが、アルファにもオメガにも偏見がない。一時期、黒国でも暮らしてたことがあるんだ。まあ、だからこんな面倒な役目を押し付けられたんだが」

ソークの言葉に嘘《うそ》はなさそうだった。

「黒国って本当に、オメガが化け物じゃないいんですか……？」

「どこに行っても化け物じゃないだろ。普通に人間だ。黒国はそれを全員が理解しているだけだ。考えてもみろ。オメガはベータ相手ならベータも産む。人間を産むのが人間じゃなくてなんだって言うんだ」

簡単に言ってのけるソークにシュイは驚いてしまった。ベータのソークが語るオメガという存在にはルサの言葉とはまた違う重みがあった。

「オメガは、人間……」

シュイの様子を見守っていたルサがソークを向いて目線で謝意を示す。ソークは肩を小さく竦《すく》めて、意識をシュイからルサに切り替えた。

「ところで、何の用だ？　盗賊の件なら、お前からの情報を元にアジトを特定して、捕まえておいたぞ。あちこちの領を移動しながら悪事を働いてたようだから、まとめて王都で裁くことになった。少なくとも終身刑は免《まぬか》れないだろうな」

突然、知った話題が出てシュイは椀《わん》を置いてルサを見た。

「シュイを襲った奴らだ。本当は俺が引導を渡してやりたかったけどね」

「物騒なことを言うな。もしそんなことをしたら……」

「わかってる。赤国内の事件は赤国で裁くというのが監察官を任命されたときの約束だからね。ソークにも迷惑をかけるわけにはいかないし」

二人はよく知った仲なのだろう。ソークがルサの言葉に、わかっているならいいと深く溜息《ためいき》を零《こぼ》した。

「今日、マザクの亡くなった妾の墓に行ってきた」

「オメガの可能性が高いとかいう？」

ルサは頷いた。

「墓に花が供えてあった。供えた人物がいるんだ。証拠になるようなものを持っているかもしれない」

「なるほど。それは有益な情報だ。早速部下に調べさせよう」

「そうして欲しい」

二人は他にも情報を交換し合い、シュイが出してもらった飲み物を飲み終わった頃に話は終わった。

「じゃあ、また」

「ああ。しかし、オメガってのはやっぱり美人なもんだな」

玄関まで送ってくれたソークがシュイをまじまじと見てそんなことを言った。

「え?」

シュイはソークの言葉の意味がわからないまま自分の口元に手を当てた。素肌に手が触れて、飲み物に口を付けたときに布を下ろしたままだったことを思い出した。

「見るな。シュイは俺のものだ」

「っ、ルサ!」

みすぼらしい顔を自分で隠すより前に、ルサが覆い被さるように抱き付いてきた。

「はは。お前を敵に回して勝てるわけがない。俺は勝てない戦いはしない主義なんだ」

ソークは軽口で返し、シュイに向かって片目を瞑《つぶ》ってみせた。厳つい顔と口調から怖い人かと思ったが、冗談も言うらしい。先ほどの美人だというのもそうだろうと思って、シュイは納得した。醜い自分に対してそんな褒《ほ》め言葉を言われることの意味がわからずもやもやしたのだ。

「それにしてもいつも取り澄ましているいけすかない奴かと思ったが、ちゃんと年相応な部分もあったんだな」

ソークはルサに面白そうな笑みを向ける。ルサはそれを無視して、ソークと別れた。

「シュイ。これ、ちゃんとして」

不機嫌なルサに指摘されて口元に布を引き上げなおす。

「なんだよ、俺のものって。俺がいつお前のものになったんだよ」

馬に乗せられながらシュイはルサに文句を言った。

「あ……。ごめん」

ルサは素直に謝ってくれた。

軽い動作で目の前に乗ってきた背中は気落ちしていて、本当に反省しているようだ。

「口付けを許してもらえたから、調子に乗った」

「っ」

思い出してシュイは真っ赤になった。

「あ、あれは……」

許すどころか、二回目は自分から強請《ねだ》ったのも同然だ。何か言い訳しなければと思うのに、何も思い付かない。だって、事実、受け入れたのに理由も打算もなかったから。

ルサの語った孤独が自分のもののように苦しかった。弱さを打ち明けたルサをもう怖いとは思わなかった。ただ、どこもかしこも美しい男が、自分を欲しがってくれる姿に、絆《ほだ》された。

ルサの広く逞しい背中からは相変わらず甘い匂いが漂ってくる。抱き締められた感触と唇の感触が蘇ってきて、胸がいっぱいになった。シュイは領主の館の離れに帰り着くまで何も喋《しゃべ》れなかった。


「ルサさん、お帰りなさい」

馬上ではずっと浮ついた気持ちだったが、離れの入り口でエハに迎え入れられた途端、急に現実に引き戻された。顔を合わせるのは久しぶりだったが、やはりシュイのことを見てくれない。

エハはルサにだけ挨拶をしてシュイのことは無視する。顔を隠していてよかったとシュイは思った。見るに堪《た》えない顔をしているに違いなかったから。

「ただいま、エハ君。見張り助かったよ。誰も来ていない?」

「はい。大丈夫です。ルサさんからの頼まれごとですから、しっかりやりました。誰も来ていないし、二人が外に出かけたことも知られてません」

「ありがとう」

ルサが笑顔で礼を言うと、エハは嬉《うれ》しそうな顔になった。

「俺は馬を厩舎《きゅうしゃ》に預けてくる。シュイ、先に中に入っていて」

ルサはシュイ達を置いて馬を連れていった。

シュイはエハの視線から逃げるように建物の中に入った。

「やっぱりお前、オメガじゃないか。アルファを誑《たぶら》かすのが得意なんだ」

背後からエハが詰《なじ》ってくる。エハの視線はシュイの自由になった足首に向けられていた。

「奴隷のままでいいとか言ってたくせに、贅沢《ぜいたく》な暮らしをさせてもらって、その上、勝手にどこへでも出歩かせてもらえるなんて、いい身分だな」

エハの中では、シュイがルサにお願いして鎖を外してもらい、外に連れていってもらったことにでもなっているのだろう。

「違う。俺は誑かしてなんか……」

否定しようとした言葉を、シュイは途中で飲み込んだ。

ルサはシュイが相手だからこそ、沢山のことをしてくれているのだ。自分はルサにしてもらってばかりで、何も返せていない。それでは誑かしているのと変わらないのではないか。

シュイは振り返って、エハをじっと見詰める。

「なんだよ、その目」

ずっと傍《そば》にいてくれて、助けてくれたのは、エハだ。そしてエハはルサを好きだと言う。

「俺、ルサを誑かしてなんかないよ。ルサにしてもらった分はちゃんと返したい。俺が返せるものなんてないかもしれないけど」

「なっ」

エハが琥珀《こはく》の瞳を見開く。

「お、お前が、あんなに完璧なルサさんに返せるものなんてあるもんか！」

エハの言葉にシュイは違和感を覚えた。

「そうかな……」

確かに、ルサは何事にも秀でている。でも完璧じゃない。

ふと、ルサの言葉が蘇ってきた。アルファとしての気質が、他人を惹きつける。エハはちゃんとルサのことを見て、ルサを好きなのだろうか。

「な、なんだよ?」

見返されて狼狽《うろた》えるエハに、シュイは、じゃあ自分はと自問した。

自分はルサのことをどう思っているのか。

運命の相手という単語が頭の中を過《よぎ》っていく。運命が何なのかなんてシュイは知らない。でも確かに自分はルサに惹かれている。

エハに対する裏切りだとわかっていても、もう止められなかった。ルサの孤独に寄り添うのは自分でありたい。

「ごめん。俺、ルサのことで、エハの応援はできない」

シュイは誰かを恋愛の意味で好きになったことなんてない。性的なことが苦手で、ずっと無意識に避けてきた。だからこれが恋なのか、もしかしたらオメガとしてアルファに惹き付けられているだけなのかもわからない。

でも、エハには伝えておかなければと思った。ずっと助け合ってきたエハにだからこそ嘘は吐けない。申し訳なくて涙が出そうになったが、こらえる。エハを応援しようとしたのも、やっぱり応援できなくなったのも、シュイが自分で勝手に決めたことなのだから、泣く理由なんかない。

エハが琥珀の瞳をいっぱいに見開いて、それからみるみる怒った顔になる。

「お前の応援なんかいるもんか！」

エハは踵《きびす》を返すと、駆けるようにして外へ出ていった。

「シュイ？　どうかした？」

馬を厩舎に預けてきたらしいルサが戻ってくる。

シュイは頭を振った。そのまま下を向いて自分の爪先《つまさき》をじっと見詰める。エハのことは今でも大事だ。エハに嫌われると辛《つら》くて胸に穴が空いたような気分になる。それでも、自覚し始めたルサへの気持ちは揺るがなかった。

「熱でもあるのか？」

ルサが頭に被っていた布を外してくれて、額に手を当ててきた。

「少し熱っぽいな。久しぶりに外に出て疲れた？」

シュイは小さく頷いて、額をルサの手に擦《こす》り付けた。

「シュイ？」

甘えたような仕草に、ルサはくすくすと微笑《ほほえ》んで頭を撫《な》でてくれる。ルサはそれから少し悩む素振りをした後、シュイの唇に一瞬だけ口付けてきた。

「っ」

「シュイ、好きだよ」

ルサが抱き締めてくる。

やっぱり、この温もりが愛《いと》おしい。手放したくない。自分だけのものにしたいと思った。

○　○

シュイの枕の下には秘密がある。

昼下がり。ルサのいないのを確認して、シュイは枕を持ち上げ、さらにその下の敷布を捲《めく》る。部屋の掃除はシュイがしているから、この秘密は誰にも知られていない。

シュイとルサとウーの名前が書かれた紙、お菓子が入れられていた布、綺麗な模様の手布、薬箱用の小さな巾着、指先ほどの木彫りの犬の人形……。ルサがことあるごとにくれるお札だ。ほんのり甘い匂いするものもある。

シュイはそれを一つ一つ確かめるようにしながら寝台の上に円を描くように並べていく。最後に自分の手首に結ばれている石付きの紐を天辺に置いて、それらの囲いの中で横になった。

とても安心する。でも、足りない。

シュイはもそりと起き上がって、自分の枕の隣に並んでいるもう一つの枕を摑んで、再び囲いの中に戻った。抱き締めてすうと息を吸うと、小物に付いているよりもずっと甘い匂いがする。結局、最初の日以来、毎晩シュイの隣で寝ているルサの匂いだ。

ここに来てもう一ヶ月が経った。


「シュイ？　何してるの？」

ルサの声に呼ばれて、シュイはぼんやりとそちらを見た。いつの間にか夕刻になっていたらしい。寝台の脇に立ったルサが首を傾《かし》げてシュイを見ていた。

「何って……」

聞かれてシュイは自分のしている奇妙なことに気付いた。

「あれ、俺……」

枕を置いて身を起こす。ルサが首を傾げてあっという顔になる。すんと鼻を鳴らして、嬉しそうなのに険しい表情という不思議な顔をした。

「発情期が来るんだね。きっとあの粗悪品の抑制薬の影響がほとんどなくなったんだ」

「発情期……？」

どこかで聞いた言葉だ。

「っ」

意識が清明になった。

「俺っ」

ルサが寝台に腰かけて、シュイの置いた小物を指先でつつく。

「発情期が近付いたオメガは、番《つがい》や気を許したアルファの匂いがあると安心するらしい。アルファの服を抱えてぼんやりしているという話ならいくつも知ってるけど、こんな巣作りみたいなのは聞いたことがない」

ルサはくすくす笑う。気を許したアルファというところで恥ずかしいとシュイは思ったが、ルサにはそれが嬉しかったのだろう。だが、それよりも発情期だ。

「俺、どうしたらいいの？」

「大丈夫。ちゃんとした抑制薬を準備してあるから。すぐ持ってくるから待ってて」

ルサは一旦部屋から出ていくと、椀に入った飲み薬を持ってきてくれた。

そのほんの僅かな間にもシュイの身体には変調が現れ始めていた。吐く息に熱が籠っている。肌が敏感になっていて、服が擦れるだけでざわっとする。腹の底が妙に重くて熱い。

「さあ、飲んで」

ルサが寝台に上がってくるとともに不意にルサの甘い香りが漂ってきた。ずくんと身体が甘く痺れた。

「は……。あっ」

シュイはすぐに差し出された薬を飲もうとした。

「これ、嫌だ」

しかし、湯に溶かれたそれの匂いを嗅《か》いだ瞬間、シュイの脳裏に蘇ったのは、ドランの屋敷で飲まされていた薬のことだった。うっすらとだが、同じ匂いがする。

「シュイ。同じ成分は含まれているけど、今まで君が飲まされていたのとは全然違うものだ」

以前なら耐えて飲んだ。殴られるよりはマシだったからだ。だが、ルサと暮らすようになってそんな痛みの記憶は遙か遠くへ行ってしまった。

飲むと気持ち悪くなって、身体中が痛くなって、痒《かゆ》くなって……。何よりまた醜くなる。せっかくルサに治療してもらって綺麗だと言ってもらえるようになってきた肌が元に戻ってしまう。

発情で理性を手放しかけているせいもあるのか、嫌なものが我慢できない。

「シュイ、頼むから……。ッ」

ルサが眉《まゆ》を顰《ひそ》め、小さく呻《うめ》いた。

「俺も、耐えられなくなる」

アルファはオメガの発情に誘発される。頭の片隅にその知識は浮かび上がってきたが、頭が回らない。熱があるときのように身体がだるくて、怪我《けが》の治りかけのときのように下肢や色んな所が疼《うず》く。

「飲んで」

「嫌だ」

再び近付けられた薬の入った椀をシュイは振り払った。強い力ではなかったが、払い方が悪かった。椀は床に落ち、中身が零れてしまう。

「あ……」

シュイは我に返った。

ルサは無言のまま椀を拾うと部屋から出ていった。

行かないでと思ったが、酷《ひど》いことをしたのは自分の方だ。それにこのままではルサの方が誘発されてしまう。シュイから離れるのは当然だろう。

「どうしよう……」

シュイの発情は確実に始まっていた。性器がじんじんとして、服の下で膨らみ始めている。そのもっと奥、下腹が熱くてたまらない。

オメガにはそこに孕《はら》むための場所がある。

恐怖に震えたはずが、身体はそれすら快感に変えた。

「んっ、ん、ん……」

怖い。でも、触りたい。触らないとおかしくなるという強迫観念が湧き上がる。しかし、こんな状態になった下肢を触るのは怖い。シュイは先ほど作った囲いの中に再び横になってルサの枕をぎゅっと抱き締めた。するとそこから甘いルサの香りが漂ってくる。

（いい匂い……。気持ち、いい。ああ、でも、熱い）

枕を抱いて身体を押し付けるようにすると、熱を吸い取ってくれるような気がしてぎゅうぎゅうと抱き締める。だが、次第にそれでは足りなくなってきた。

（ルサ。ルサは……）

横たわったまま気配を探るが見付からなくて泣きそうになった。

「ルサ」

とうとうか細い声が漏《も》れた。瞼を強く閉じると涙が眦《まなじり》から溢《あふ》れていく。

（あ……）

抱いている枕よりも強い香りが近付いてくるのがわかった。飛び付きたい衝動が生まれたが、ルサが巣だと表現した囲いから出るのが怖い。

「シュイ、ここにいるよ。枕を離して、ほら」

「やだ……。とるな」

奪われると思って抵抗したが、枕よりももっと強くて甘い匂いに抵抗できなくなって、シュイはゆっくりと枕を手放した。

潤んだ視界に、ほっとした様子のルサが映る。

「別の薬にした。効くまで時間がかかるけど、これなら大丈夫だろう？」

ルサの持つ椀からは先ほどの嫌な匂いはしていない。シュイの拒否がないことを確認したルサは薬を自分で口に含み、シュイに口移しで渡してくる。

「んっ」

触れる唇が熱くて気持ちいい。息を吹き込むように移される薬を受け入れる。

「よくできたね」

最後までごくりと飲み干すとルサが褒めてくれた。

「中に入っていい？」

囲いのことを聞かれているのだ。シュイはぼんやりしたまま頷いた。他の誰でも駄目だけど、ルサならいい。

「ありがとう」

ルサは囲いを壊さないようにまたいで中に入り、シュイを抱き締めてくれた。

「あっ……」

一瞬ぞくんとしたものが身体中を駆け巡ったが、それ以上に温かいし、いい匂いがして安心できた。

「薬が効くまで傍にいるから」

「でも」

ルサはアルファだ。自分の身体はまだ発情しかけている。

シュイの不安な顔にルサが優しく笑んで返す。

「大丈夫。俺もアルファ用の抗誘発薬を飲んだから。オメガの発情に誘発されないための薬があるんだ。君を襲ったりしないよ」

「だけど……」

ルサは笑んでいるけど、顔が少し青ざめていて、無理をしているように見える。その抗誘発薬とやらは本当に効いているのか。シュイがまだ不安げにするのにルサは仕方ないなと目を細める。

ルサの身体が、わずかに光を放つ。

「ウー。もし、俺がシュイを襲ったら俺を噛め。俺が止まるまで徹底的にやっていい」

ルサの力のある言葉に、ウーがぐるると唸《うな》って寝台の下に待機する。確認したルサの身体からは光が消えた。

「ごめんね、怖がらせた？ でも、あの力を使ったら、ウーはいつも以上に俺の言葉を理解してくれるらしいんだ。ウーなら信用できるだろう?」

そうじゃない。そうじゃないのに、シュイは自分の気持ちをどう表現していいかわからなかった。

「それとも襲って欲しかった?」

ルサのからかいにシュイは何も答えずに硬い胸に縋《すが》り付いた。これ以上考えるのが億劫《おっくう》だった。先ほど枕にしたようにルサの身体にぎゅうぎゅうしがみ付く。シュイの熱が上がっているせいか、ルサの身体は冷たくて心地がよかった。熱くなっている下肢を潰れそうなくらいぎゅっと押し付けると、少しだけ落ち着く気がした。

「シュイ? 襲ってもいいの?」

シュイは頭を擦り付けるようにして振って拒否の意味を示す。ルサが残念と笑ってシュイの背中をぽんぽんと叩いてくれた。シュイはそれに泣きそうになるくらい安堵《あんど》して、身を焼く熱をやり過ごすことだけを考えた。


「あ……」

シュイはひんやりした感覚に包まれて目を覚ました。夜になって気温が下がって寒い。いつの間にか眠っていたらしい。辺りは薄暗い。ランプに火が入っておらず、高い窓からの冴《さ》え冴《ざ》えとした月明かりが部屋を照らしている。

数刻は経過したようだ。背中がびっしょりと寝汗で湿っていたが、気分はよかった。身体に蟠《わだかま》っていた熱はすっかり下がっている。硬くなっていた性器もすっかり大人しくなっていた。

「ルサ、ありがとう。もう大丈夫」

自分を抱いたままのルサに呼びかけるが、ルサはどいてくれなかった。

「ルサ?」

訝《いぶか》しんでもがき、ルサの腕をなんとか自分から外す。

「あ、シュイ。もう大丈夫？」

ルサは今気付いたとばかりに瞼をうっすら開いてシュイを見上げた。

「顔色、悪くないか？」

ルサの顔は薄闇の中でもはっきりとわかるくらい蒼白《そうはく》だった。気のせいではなく喋りや動きも緩慢だ。

「ああ。ちょっと、強い薬を飲んだから」

ルサは囁くような声で応じる。

「薬って抗誘発薬、だっけ？」

眠る前に聞いた名前を口にすると、ルサは小さく頷いた。

「そう。運命の相手の発情に抗うのは難しいって、話には聞いてたけど、想像以上だったから、念のため、ぎりぎりの分量を。身体の代謝を下げる副作用があるから、体温下がってて動けない」

シュイはルサの頬に触れた。驚くくらい冷たかった。ひんやりしたものに包まれているのが気持ちいいと思ったのは、ルサの身体だった。

「これ、本当に大丈夫なのか？」

「多分」

ルサは歯切れの悪い返事をする。

「多分って。どうしてこんな危ないことしたんだよ」

「だってシュイ、初めての発情だよね？　薬がちゃんと効くか見ておかないと心配だったし、効くまでに何かあったらと思うと、一人にしておくなんてできなかった」

「っ。そんなことで……」

「そんなことじゃないよ。俺はシュイの主治医でもあるし」

「でも」

「ごめん。ちょっと話すのも辛いかな」

ルサの弱気な言葉をシュイは初めて聞いた。シュイは狼狽える。

「俺、どうしたら」

泣かないでとルサが動きの鈍い指先でシュイの眦を拭《ぬぐ》う。

「泣いてないっ」

シュイの強がりにルサは口元を緩めた。

「できたらさっきみたいに抱き枕になってて欲しいかな。温かいし」

ルサの言葉に、シュイはルサに見られないように気を付けて服を脱いだ。

「シュイ?」

驚いた様子のルサを無視してルサの服も脱がせようとしたが、大きなルサの身体はシュイの力では動かせない。諦めて隣に横になる。自分から腕を回してルサの頭を抱き込み、少しでも温《ぬく》もれるような体勢を取る。ルサの露《あらわ》になっている首元の肌に自分の胸がぴたりと引っ付いた。

「服、汗で濡れてたから。着たままだと冷えるだろう?」

「ありがとう」

ルサがシュイの肩に甘えるように額を擦り付け、礼を言ってきた。

「悔しいな」

ルサがぽつりと漏らす。

「悔しい?」

「裸のシュイに抱き付かれてるなんて、もったいないくらいの状況なのに動けない」

シュイは「馬鹿」と詰りながらも軽口に少し安堵する。

「もう喋るな。辛いんだろ」

「ん」

ルサは嬉しそうに笑んで瞼を閉じた。

○　○

格子《こうし》付きの窓から見る空は高く青い。

「俺、本当にオメガだったんだな……」

シュイは自分に聞かせるために声にして呟《つぶや》いた。

突然の発情期から三日。

あれほど疼いてたまらなかった身体はすっかりいつも通りだ。効き目が遅いという薬でも、毎日一回、効果が切れる前に余裕を持って飲めば、発情は完全に抑えられた。適切に薬を飲めば、ベータと同じように暮らせるというルサの言葉は嘘ではなかった。

しかし、初日に経験した身体の昂《たかぶ》りは、間違いなく自分はオメガだと知らしめてくれた。

シュイは絨毯の上でころりと横になった。

「ウー。起きてる?」

シュイは気分転換にウーを呼んだ。眠っているのかと思ったウーはぱっと頭を上げてシュイをじっと見上げてくる。

「俺、ウーの言う通り、オメガだったよ」

ウーは何を今更といった表情でシュイを見てくる。

「発情した。……男なのに、子供産めるんだ」

ウーはシュイの手をぺろりと舐《な》めてきた。

「慰めてくれてるの? ありがとう」

シュイはウーの頭を撫でた。ウーは嬉しそうに尻尾をばさばさと振る。

「でもさ、思ったより、拒否感ないんだ。なんか、やっぱりそうなんだって」

最初にオメガだと言われて一ヶ月以上が経過している。その間に、ルサが熱心にオメガは化け物なんかじゃないと言い続けてくれたせいもあるし、ソークに、オメガは人間だと断言されたのも意識を変えてくれた。だが、それ以上に、もともとオメガである自分を知っていたような、そんな言葉に言い表せないような感覚がある。

発情は抑えられているけれど、念のために誰にも会わない方がいいとルサに言われている。シュイ自身も他人との接触が怖かったので、言われたとおりに寝室に閉じ籠っている。あの、自分の身体が自分ではなくなるような感覚。あのまま本格的に発情していたら、近くにいる人なら誰でも求めてしまったかもしれない。ルサがいてくれて本当によかったと思う。特に他のアルファでなくて本当によかった。

ふと、首の後ろに手をやった。

アルファが発情中のオメガと性交しながらそこを噛むと、番というものになって、他のアルファの発情を誘発しなくなるのだという。

「番……」

聞いたときとは違う感慨が湧いてきた。ルサに噛んでもらったら、他の人間の前で発情しなくて済む。いや、そういう打算的なものではなく……。

「っ」

不意に、ルサのあの温かくて優しい唇がそこに触れるのを想像してしまい、心臓が跳ねた。次いで、発情のときに似た感覚が腹の奥底から一瞬湧き上がってくる。

「わー！　考えないっ！」

シュイはなんだかこれ以上は想像してはいけない気がして思考を振り払った。ウーが心配そうだったので、シュイは大丈夫だよと声をかけてウーの頭を撫でた。

ルサは以前は夜はシュイと同じ寝台で眠って、朝食を食べた後に外に出ていき、夕方に戻ってシュイに字を教えてくれる生活を送っていたが、シュイが発情した後は、ずっとこの離れにいてくれる。ルサも丸一日寝込んだあとは、すっかり元気になっている。今は、昼食を作りに厨房《ちゅうぼう》に行っているので、代わりにシュイの隣をウーが陣取っている。

「なんで駄目なんですか！」

「エハ？」

突然、遠くからエハの声が聞こえてきた。ルサからは発情期が終わるまでエハにも別の場所に移動してもらっていると聞いていた。

シュイは見えない廊下の先に視線を向ける。おそらく離れの玄関から興奮したエハの声と、それを宥《なだ》めるようなルサの声が聞こえてくる。会話の内容はよく聞き取れない。シュイは不安になってウーの背中に手を当てた。ウーは寝そべったままの格好だが、表情は警戒心を見せている。

「俺はルサさんの役に立ちたくて……！」

二人は何の話をしているのか。シュイはどうしても気になって、寝室の入り口までそっと忍んでいった。

「君がマザクのことを調べてくれたのはありがたかった。おかげでこの離れの前の住人にも辿《たど》り着けたし」

あれはエハの手柄だったらしい。

「でも、無茶なことはして欲しくないって言っただろう？　身体を使うだなんて絶対に駄目だ」

ルサの言葉にシュイは衝撃を受けた。

「それくらい、なんともない」

エハは強がっている。付き合いの長いシュイにはわかる。ルサは溜息を吐いた。

「君が傷付けば、シュイも悲しむ。頼むからやめてくれ」

その言葉はエハの神経を逆撫でしてしまったらしい。

「オメガなんてどうでもいい！　あいつ、発情したんでしょう？」

シュイは息を呑《の》んだ。

「俺をこの離れから締め出して、二人でやりまくってるんでしょう？　あいつはオメガだってだけでルサさんを独り占めするんだ。俺はこんなにルサさんのために頑張ってるのに、どうして俺じゃ駄目なの？」

「オメガだからじゃない。俺はシュイが好きなんだ。それに、俺はシュイに手を出してないよ」

「はっ。あいつ、ルサさんにあれだけ迷惑かけておきながら、抱かせてやってもいないわけ？」

シュイの胸が抉《えぐ》られる。

「あんな、みすぼらしい上に、何もできない奴なんて、いなくなればいい！」

エハは捨て台詞《ぜりふ》を吐いて離れから出ていったようだ。

「何もできない……」

昔から散々言われてきたことだ。鈍くさくて、力がなくて、何をやっても人並みにこなせない。それは薬のせいだったとルサは言っていたが、治療が進んだ今、シュイは以前よりももっと何もしていない。ルサに何かしてあげたいと思っていたのに、何一つ返せていない。それどころか、発情期のせいでますます献身的に面倒を見させてしまっている。

「本当に、俺、駄目だ」

ウーが心配げに見上げてくる。

「俺、何ができるかな。何を、ルサに返せるのかな」

ウーに問いかけたが、答えをもらえるはずがない。

それは自分で考えるべきことだと、シュイ自身わかっていた。

「シュイ、ごめん、待たせたね」

ルサは昼食を手に戻ってきた。柔らかい木の実入りのパンに、野菜と燻製《くんせい》の魚を挟んだシュイのお気に入りの料理だ。

「エハが来てたんだろ？」

シュイの問いかけにルサが苦笑する。

「やっぱり聞こえてたのか。気にしなくていいから」

ルサは絨毯の上に皿を置いてシュイを手招きする。

シュイはルサの隣に座ってルサの腕に自分の手を置いた。

「シュイ？」

温かく逞《たくま》しい腕だ。

「エハには優しくしてやって。エハは、ルサのこと……」

言いかけてシュイは口を閉ざした。エハの応援はできないと言いながらこんなことを頼むのは酷い欺《ぎ》瞞《まん》だ。それに、エハの気持ちを自分が告げるのはエハに悪い。

「知ってるよ。エハ君、俺のことを好きなんだろう？」

「え？」

「それくらい彼の態度を見ていればわかる。でも俺が好きなのはシュイだ」

はっきりと言われてシュイは泣きたいような気持ちになる。

「もしシュイが俺にエハ君を好きになって欲しいって言っても、絶対に聞けない。俺はシュイしかいらないし、嘘を吐く気もない。嘘は仕事で必要があるときしか吐かないよ」

ルサの手が赤髪を優しく撫でてくる。指を差し入れて頭皮をくすぐるようにされて気持ちいい。

本当はシュイだってルサをエハにあげたくないのだ。

シュイは思い切ってルサを見上げた。

「ルサ。俺のこと、だ、抱きたいんだよ、な……？」

シュイの視界の中でルサはふっと微笑む。

「そうだよ。俺はいつでも何度だってシュイに口付けたいし、身体中に触れたい。許されるなら今すぐに俺のものにしてしまいたい」

優しい顔で率直な言葉で告げられて、シュイは自分で聞いておきながら恥ずかしくなる。

「でもシュイから望んでくれない限りはしないから」

「俺から……」

シュイは性への欲求がずっと薄かった。だが、それは薬のせいだった。

発情したとき、シュイは確かに性的衝動を覚えた。子供を作ることを潜在的に恐れているわけじゃなかった。

難しい顔になったシュイに、ルサが苦笑する。

「シュイ。無理に考えなくていいから」

ルサは安心させるように微笑んで、それより早く食事にしようと、話題を変えた。

○　○

「今日で六日目か。今夜を越せば終わりかな」

就寝前に寝台の上ではいと渡された薬。

シュイは手渡された椀を手に持ったまま視線を落とす。うっすらと薬の色の付いた液面が部屋に吊《つ》るされたランプに照らされてゆらゆらと揺れる。

「シュイ？　どうかした？」

シュイは液面から顔を上げ、ルサを見た。

「なあ。あのときって本当はかなり危険な状態だったんだろ？」

最初の日のことを改めて聞くと、ルサは苦笑した。

「そうだね。ぎりぎりの量を調整したつもりだけど、実は新しい薬で、治験が足りてないんだ」

「新しい薬？」

「抗誘発薬自体は昔からあったけど、運命の相手にはほとんど役に立たなかったって話を聞いて、新しい材料と調合を試してみたんだ。計算上では大丈夫だと思ったんだけど、予想より効きすぎたかな」

過ぎたことだから正直に言うと、ルサは笑って付け加えた。

「っ」

「俺が好きでしたことだから気にしないでいい。それに今後の研究に役立てられるし。なかなか試せる機会がなくて困ってたんだ。運命の相手が発情してるのにアルファだけ薬を飲まなければいけない状況なんて普通ありえないから……」

「気にするに決まってる！」

シュイは声を荒らげて、手にしていた薬入りの椀をルサに押し付けた。

「シュイ？」

ルサは訝しげに椀を受け取る。

「飲まない」

「飲まないって」

「あと一日……。ルサに俺をあげる」

「え？」

「ルサは命まで懸けてくれたのに、俺、ルサにあげられるもの、この身体しかない」

「シュイ。そんなことはしなくていい」

「いいから。無理してるわけじゃない」

シュイは俯《うつむ》いて頭を振った。ルサに切ってもらい、毎朝晩手入れしてもらって艶《つや》やかになった赤毛が頬の横でさらさらと音を立てる。

「本気で言ってる？」

シュイは俯いたまま頷く。

ルサとエハとのやり取りを聞いてしまった後、ずっと考えて導き出した答えだ。ルサはアルファの本能に逆らい、命まで懸けてくれたのに、シュイが望まない限り抱かないと言う。ルサに抱いてもらうには、シュイから求めるしかないのだ。

ルサはあからさまな溜息を吐いた。

「俺は、君からお礼に身体をもらうなんて真似《まね》……」

「他の誰かだったらこんなこと言わない。ルサだから、決めたんだ。ルサだって、他のオメガならあんなことまでしなかったんだよな？」

ルサが無言のまま、シュイのつむじをじっと見下ろしてくる気配を感じる。

「ルサとなら、しても、いいと、思った、から」

お礼に抱かせてもいい、ではなく、ルサにもらって欲しい。言葉にしない気持ちをルサはわかってくれるだろうか。

「本当に、いいの?」

ルサはごくりと喉《のど》を鳴らして確認してくる。シュイは頷いた。

「今日を逃したら、次の発情期は三ヶ月後なんだよな?」

シュイの言葉は駄目押しになったらしい。ルサが覚悟を決めたように椀を寝台の傍の台に置く。

「……わかった。抗誘発薬を飲んでくるから」

「駄目だ。あんなの飲まないでいい」

シュイは驚いてルサを見上げた。今聞いたばかりの話や、冷え切った身体のことを思い出すと怖い。

ルサが安心させるように優しい笑みを浮かべる。

「量は減らすよ。飲まないと、本能に負けて酷い抱き方をしてしまうかもしれない」

「いらない。ルサが好きなようにしていいから」

「だけど……」

「本当にいらない。それに、俺だけ発情するのは嫌だ。一緒におかしくなって……」

次の瞬間、シュイは唇を塞《ふさ》がれていた。

「ん、んっ」

口付けは初めてではない。触れるだけのものなら何回もされたし、発情期の最初の日には薬を口移しで飲ませてもらった。だけど、今までのどれとも違った。深く合わせられ、呼吸もできない。

「っ……! ん!」

息が苦しくなってルサの背中をどんどんと叩くと、意識が遠退きかけたところでやっと離してくれた。

「はっ、ま、まだ、発情、始まってないっ」

見上げて訴えると、ルサは口の端を吊り上げて笑った。

「あんなこと欲しい相手に言われて我慢できると思う?」

いつもの穏やかさの欠片《かけら》もない、獰猛《どうもう》さが滲《にじ》み出るような獣の笑みだった。顔立ちが整っている分、心臓が飛び出そうなくらいに凄絶《せいぜつ》だった。

「それに、抗誘発薬を飲まないなら、始まったらどうなるかわからない。その前に準備しておかないと」

「準備って?」

「シュイ、初めてだよね? ここ」

服の上から尻のあわいを探られてぞくりとした感覚が駆け上がってくる。

「俺が、ここに入れていいんだよね?」

「どういう意味?」

「どういう意味って」

ルサが困った笑みを浮かべる。

「シュイも男だろう? オメガだからって、抱かれる側とは限らないかなって。特にシュイは自分がオメガだって知らなかったわけだし」

「……俺がルサを抱くなんて考えもしなかった」

言われてみればそうだ。でも、ルサとそうなることを考えるとき、抱かれる覚悟しかしていなかった。これも自分がオメガだからなんだろうか。改めて抱く方を考えてみようとしてもどうもしっくりこないし、できる気もしない。

「俺がシュイを抱いていいんだね?」

改めて聞かれて、シュイは真っ赤になりながら頷いた。

「ありがとう」

ルサがシュイの頬に二度、三度、口付けてくる。柔らかな唇がこそばゆい。

「じゃあやっぱり、ここ、いくらオメガでも初めてでいきなり突っ込むと、酷いことになるから。俺の理性があるうちに始めないと」

繋がる場所に再び触れられながらそんなことを言われて、急に怖くなってきた。

「やっぱり……」

「俺にこの身体をくれるんだよね？　そう言ったよね？　もう止まれないから」

シュイが最後まで言う前にルサは宣言してきた。

シュイは自分の決断を少しだけ後悔した。だけど望んだのは自分の方だ。引き返せない。

「口、少し開けてみて」

唇を長い指でさらりとなぞられて、何をされるのだろうと思いながらおそるおそる開くと、ルサが唇を合わせてきた。口付けかとほっとしたのも束《つか》の間《ま》、開いた唇の間からぬるりとしたものが入り込んでくる。

「んうっ？」

一瞬何かわからなくて身体が強張ったが、ルサの舌だと理解した。

ルサの黒瞳が間近でシュイを見据えている。ギラギラした光に背筋がぞくぞくした。下腹が熱く痺れている。発情が始まった最初の日にも似たような感覚があったが、それよりももっと急激に熱くなっていく。

「んっ、んぅ……」

「シュイ、シュイ……」

「シ、ん……っ」

確かめるように名前を何度も呼ばれながら口の中をくまなく探られる。舌に甘いものを感じる。気のせいじゃない。口付けに本当に味があるなんて思ってもみなかった。美味しい。夢中で味わっていると、息が苦しくなってきた。瞼を固く閉じ、ルサの胸に縋り付くとルサの口が僅かに離れた。

「はっ、ふ……」

息を吐いて吸うと、再びぴったりと唇が塞がれる。何度も同じようにされて、シュイの脳裏に、手を重ねられて字を教えられたときのことが浮かび上がる。

（息の、仕方……、教えられてる……？）

「ん、待って。ルサ……！」

ルサの胸をぐっと押して涙目で訴える。

「何？」

なんとか離れてくれたルサは、いつもどおり綺麗な顔をしているのに、雄の欲望を隠そうともしていない。それだけで身体の芯が疼く。

「お、俺は初めてだけど、そっちは慣れてるの？」

あまりにも巧みな指導にシュイが恨みがましく聞くと、ルサは虚を衝かれたように瞬いて、ふっと笑った。

「同じだよ。俺も初めて」

「え？」

「口付けも、それ以上も。シュイと初めて経験する」

「口付け、も……？」

シュイはルサと初めて交わした口付けを思い出した。荒野の空の下、一番星が瞬く中で、吸い寄せられるように唇を触れ合わせた。

「そう、あれが初めて」

あのとき、ルサは流れるような仕草でシュイの唇を自分のそれで塞いだ。

「嘘だ」

「どうして？」

心外だとばかりにルサが眉を寄せる。

「だって、なんか……、上手《うま》かった」

口付けに至るまでの雰囲気もそうだが、触れ合った後の絶妙な距離感まで、焦りなんか一つも感じさせない心地よい時間だった。シュイは顔を真っ赤にして答える。

「それは嬉しいな。君に拒否されたらどうしようって必死で、できるだけ自然なふりを装った甲斐《かい》があった」

ルサは満面に笑みを浮かべた。シュイはつい見惚れてしまう。

「でも本当だよ。確かに誘惑は多かったけど、一度も気が向かなかった」

エハが出会ってすぐに陶酔したように、ルサはきっともてるのだろう。ルサに近付いてきたという人達の中にはルサと恋人になりたいと思った人間が大勢いたに違いない。想像すると、なんだか落ち着かない気持ちになってきた。

「発情したオメガに出くわしても、頭の隅がすごく冷静なんだ。本能を理性がちゃんと制御できた。でもシュイの発情を感じたとき、俺は理性を手放したくて仕方なかった。本当は抑制薬なんて処方せずに、そのまま抱いて俺のものにしたかった。でも、そうしたらきっとシュイに嫌われるから」

ルサの顔を、シュイは両手で包んだ。あのとき、ルサがそんなことを考えていたと知って、身体の芯がじわりと熱くなった。

「どうしてそんなに俺のこと……？　運命の相手とかいうのだから？」

シュイには未《いま》だによくわからないアルファとオメガの関係。

ルサは苦笑した。

「そうだね。初めて出会った瞬間からシュイしか見えなくなった。君がいない世界なんてその時点で考えられなくなった。でもね、君を知るほど、君が綺麗になっていくほど、俺はもっと君に魅了されていったよ。友達思いで優しくて、こんなに細い身体なのに強い。運命だけじゃない。シュイが愛しくて、愛しくて、身体も心も全部欲しくてたまらない」

熱烈な台詞にシュイは言葉を失う。ルサの黒瞳が優しく細められる。

「シュイ。好きだよ。愛してる」

最上級の愛情を示す言葉を卑怯だと思った。シュイはまだ、好きとすら口にできていないのに。

シュイの考えを見透かしたかのようにルサは大丈夫だと微笑んで再び口付けてくる。今度は触れるだけの口付けを唇やその周囲に降らせてきた。チュッと可愛《かわい》らしい音を立てながら触れられるのはとても心地よかった。うっとりしてシュイの身体から力が抜けていく。

「やっぱり、上手い」

素直になれないシュイが唇を尖《とが》らせて訴えると、ルサが微笑んで応じる。

「こういうのは、きっと、相手を気持ちよくしたいって思えば自然とできるものなんだよ」

ルサはそう言うが、経験がないのにシュイに不安を与えずにこれだけ気持ちよくさせられるのは天性の才能のように思えてならない。アルファとは、何においても優れているらしいが、こんなことにまで優れた存在なのか。

再びの深い口付けでシュイの身体がすっかり柔らかくなったのを見計らったルサの手がシュイの服の腰紐にかけられる。

「っ、駄目。服は脱ぎたくない」

シュイは慌ててルサの手に自分の手を重ねて止めた。

「どうして？」

「だって、俺……。汚い」

「肌は綺麗になってるよ」

「それじゃない」

シュイの身体には醜い折檻《せっかん》の痕《あと》がある。傷自体は全て癒《い》えているが、痕はいくつも残っている。

「大丈夫。何度も見てるから知ってる。出会った日にも見たよね？」

あのときと今は全然違う。あの頃はシュイはルサを嫌っていて、ルサにどう思われようと平気だった。だけど今ルサに醜いと思われるのは耐え難い。

「ちゃんと見せて」

それなのにルサは腰紐を握り締めるシュイの手をゆっくりと引き剝《は》がして中身を露わにしてしまう。

薄暗いランプの明かりの中でも、傷痕は見えてしまった。胸や腹、一番酷いのは背中だ。斜めに走る細い傷痕がいくつもうっすらと肌に残っている。それらを全部確認して、ルサの黒瞳が剣呑《けんのん》に光る。

「俺、やっぱり汚い?」

小さく震えるシュイに、ルサは違うよと頭を振った。

「君は醜くなんてない。ただ……過去に君を傷付けた人間を全員殺してやりたい」

ルサがあまりに真剣に言うものだからシュイはなんだかおかしくなった。震えは止まった。

「……本気でやりそうで怖い。俺、ルサが人殺しなんて絶対嫌だから。嫌いになる」

「俺の扱い方、よくわかってるね」

ルサは目をパチパチと瞬かせた後、くすくす笑った。かと思えば、突然シュイの喉元にそっと吸い付いてきた。

「あ、そこ、は……」

以前にされた番の仕組みを思い出す。首輪はエハに持っていかれたままだ。オメガがアルファに抱かれながら首筋を噛まれると、番になる。

意識した途端、首筋に切ない痺れが走った。

「ごめん、俺、首輪……」

「気にしなくていい。噛まないように気を付けるから」

そう言いながらもルサはシュイの首回りに熱心に口付け、甘く歯を当ててくる。耳の下や、肩口。首筋に一瞬横から触れると、また前に戻る。本当は噛みたくて仕方ないといった感じだ。

「シュイ。全部脱がせるから、身体起こして」

促されてシュイはのろのろと起き上がる。上着を脱がされてズボンだけになった格好だ。発情期が始まったあと、心許なくて女物の服の下にズボンを履くようになった。

「っ、ルサ。ウーが見てる」

視界に暗がりの中で光るウーの金色の瞳が飛び込んできた。ウーは何事かと二人の様子をじっと見ている。

「ウー。部屋の外に出ていろ」

ルサが命じると、ウーはシュイの方を気にしながらも言われた通りに部屋から出ていった。

ルサはついでにと寝台を囲う薄布をまとめていた紐《ひも》を解く。寝台の上だけが隔絶されて、世界に二人きりになった。白い布は外のランプの明かりを反射して寝台の上全体を優しく照らす。

ルサは迷うことなくシュイの身体から下着を取り去っていく。ルサが最後に下着の結び目に手をかけて、嬉しそうな顔をした。つられてシュイもそこを見ると、いつの間にか股間がはっきりと盛り上がっていた。自分で驚いているうちに下着も奪われて、小ぶりの性器がふるんと震えて現れた。

「っ」

シュイは真っ赤になって慌てて両手で隠す。隙間《すきま》から見えるものをルサが瞬きもせずに凝視してくる。

「ルサも、脱いで」

じっと見られるのに耐えられないし、自分ばかりが裸なのは恥ずかしいと訴えると、ルサははっとした顔になってすぐに上着を脱いでくれた。シュイはすぐ後悔した。

「っ、すごく、綺麗……」

思わず溜息が漏れてしまうくらい、ルサの身体は見事だった。着痩せする質《たち》らしく、服を着ているときよりも逞しく見える。しなやかな筋肉に覆われた裸体は若々しい雄々《おお》しさに満ちていて、これ以上ない理想の形に思えた。自分の貧弱さが恥ずかしくなる。

「シュイの方が魅力的だよ。手足が長くて、腰や手首や足首がほっそりしていて。でもやっぱりもっと太るべきだな。そろそろ身体の中も外も調子が整ってきたから計画的に運動して筋肉も付けていこうか」

「筋肉、俺に付く?」

「……今よりはね。それよりも発情の匂い、してきたね。少し急がないと」

微妙に誤魔化された気がした。

「っ」

ルサの手が股間を隠していたシュイの手をどかせる。

「見る、な……っ」

ルサを押しやろうとするけれど、ルサの逞しい身体はぴくりとも動かない。

「無茶言わないで。これからここ、可愛がるのに」

「あっ」

ルサの大きな手が細い幹を包み込む。ぞくんとした刺激が全身に走る。

それだけでシュイのものは反り返るくらい硬く芯を持ってしまった。

「は、離して……」

「聞けない」

シュイは慌ててルサの手の上に自分の手を重ねて止めようとしたが、ルサはそのままゆるゆると扱《しご》いてきた。

「あっ、あ……」

他人から与えられる刺激は耐えられるようなものではなかった。シュイは身体をびくびくと震わせ、助けを求めるように手を上げてルサの両肩にしがみ付く。

「気持ちいい?」

耳元にルサが囁きかけてくる。それすら刺激になった。

「わかん、ないっ」

「わからない?」

「だって、んっ、そこ、そんなの触ったこと、ないっ」

もう痛いくらいに張り詰めている。ずきずきとじんじんが一緒にやってきて、痛いのに痛いだけじゃない。

「でも、精通はしてる、よね？」

まさかという感じでルサが聞いてくる。

「お、起きたら、出てた、ことしか、ない、から……っ」

それもほんの数回だ。年に一度、あるかないかくらい。起き抜けに半勃《はんだ》ちしているのは見たことがあったが、触らずに少し待てば元に戻ってくれた。発情期の最初の日には完全に勃起《ぼっき》しているのを自覚したが、触らずじまいだ。

ルサが息を呑んだ。かと思ったら顎《あご》を取られて思い切り唇を塞がれた。

「ん……！」

「シュイ。シュイ。愛してるよ」

ルサが何をそんなに喜んでいるのかわからない。

だが、与えられる口付けは気持ちよかった。さっきよりもずっと。教えられたばかりの息継ぎを思い出しながら嵐のように貪《むさぼ》られるのに必死に応《こた》える。

ルサの掌《てのひら》がシュイの身体の形を確認するようにゆっくり移動していく。肩から腕、背中、腰、胸から下腹。口付けられたままそっと寝台に押し倒される。

「あっ」

掌の次は唇が移動していった。顎から喉元に降りて、鎖骨を甘噛みされる。始まりかけた発情のせいか、濡れた感触が肌に触れるだけで身体がぴくぴく震える。相変わらずルサの片手に包まれているそこも同じように震えて、しかも先端からとろとろと透明な液体が漏れていた。

「なに、それ……」

精液ではない。見たこともないものだ。水音と濡れた感触にシュイが戸惑うと、ルサはシュイの胸の辺りで顔を上げて目を細める。

「知らない？　先走りだよ。感じ始めると、こうして濡れてくる」

「っ」

先端を指先でぐりっと押されてシュイの身体が大きく跳ねた。同時に抉られたそこからとぷりと先走りが溢れた。

「ルサ、怖い……っ」

「これくらいで怖がってたら最後までできないよ」

ルサは笑って、シュイの左の胸の尖りに唇で触れてきた。

「ひあっ」

どうして男にそんな部位があるのかと疑問に思っていた場所が濡れた感触に包まれた瞬間、シュイは甲高い声を上げていた。ルサのぬるついた舌がそこを撫でると男性器の方までびくびくと震えた。それだけでなく、下腹の奥がじんと痺れて、うずうずしてくる。

「ルサ、変。俺、後ろが、なんか」

涙声で訴えるシュイにルサは胸に顔を埋《うず》めたまま、空いていた手を腰から尻に滑らせた。

「ああ、ここも濡れてきてるね。もうかなり発情が始まってる」

そう言うルサの吐息も弾み始めている。

「っ」

ルサに触れられた場所は確かに濡れていた。ルサの指先が窄《すぼ》んだ場所をぬるぬると擦る。それだけで真昼の太陽と同じくらいに焼かれている感覚がする。

「あ、駄目、それ、あ……」

「どれが、駄目？」

舌で嬲《なぶ》られている乳首と、形よい手指で扱かれている男性器と、触れられるほどに濡れていく後ろの秘部。

「全部、駄目っ」

「シュイ、可愛い」

ルサの頭と肩に手をやって涙ながらに訴えたのに、口にした途端に全部にもっと強い刺激が与えられた。

「やあ、あっ、あ……っ」

頭の中がぼうっとしてくる。全部……駄目じゃない、もっとして欲しい。いつの間にかシュイの手はルサの頭を引き剝がすのではなく、自分の胸に押し当てるような仕草をしていた。

「あ、あっ、あん……」

ルサは心得たようにシュイの胸の粒を口に含み、やわやわと嚙んでくる。ほんの少し歯を立てられると、シュイの身体は滑稽なくらいびくびくと跳ねた。

「指、入れるよ」

ルサの声は興奮したように掠れていた。どこにと思う間もなく、後ろを弄《いじ》っていた指がぐっと押し込まれる。

「っ、あ、あ……っ」

痛くはなかった。それどころか、そこはルサの指を嬉しそうに迎え入れる。

「中、すごく熱い」

「んん、あっ、あ……」

ずぶずぶと奥まで入り込んだ指が中を探るように蠢《うごめ》く。内壁を引っかかれると、奥底からもっと溢れてくるのがわかった。胸の粒を齧《かじ》られて、身体がびくんと跳ねる。その弾みで指が中を擦った。雄の先端からまた雫《しずく》が溢れた。触れられている所全部が共鳴するように感じてしまう。

「馬鹿、馬鹿っ。ん、どして、一気にするんだよ……！」

「ごめん。我慢できないんだ。どこもかしこもいっぱい触りたくて……」

「っ」

ルサの切羽詰まった声にシュイの身体が応えた。ルサは熱い吐息を零し、再びシュイの身体を貪り始める。中に入る指は二本に増やされて、動くたびにぐちゅぐちゅと耐え難い水音を立てる。前も同じぐらいに濡れそぼって恥ずかしい音を立てる。

「駄目、あ、あ、なんか、くるっ」

快楽が全身を駆け巡って、シュイの前に熱が集まった。

「あ、あああっ――――！」

シュイは初めて、意識のあるときに射精した。どろりと濃い白濁がルサの掌を汚し、受け止めきれなかったものが二人の肌に散った。

「これが、オメガの発情」

ごくりとルサの喉が鳴る。ようやく胸から離れた瞳が喘《あえ》ぐシュイの痴態を余すところなく映していた。

「っ、見るな」

間接的に自分の姿を知ってしまったシュイはぼろりと涙を零す。

「見るよ。全部、見る。シュイが俺に触れられて気持ちよくなっていくところ。シュイが俺のものになるところまで、全部」

ルサの声音はいつもと違う。熱が籠っていて、明らかに興奮している。

ルサは掌についたシュイのものに気付き、それを躊躇《ためら》いもなく口にした。

「なっ」

シュイは驚いて声も出ない。口をパクパクさせていると、ルサはうっとりと微笑んだ。

「これがシュイの味なんだね。砂糖漬けみたいに甘いよ」

とんでもないことを言われた。

「そんなわけ、ない！　馬鹿ルサっ」

「ごめんね。でも、初めては二度とないから。何もかも覚えておかないと」

「あっ」

シュイが抗議をする前に、ルサはシュイの中に入っている指の動きを再開した。

「あ、あっ、ぅあ、んっ……」

シュイはルサの肩に縋り付き、爪を立てる。赤い筋が白い肌に走った。ルサは自分が傷つくことには無頓着で、二本の指でシュイの中を探り出す。

中をかき混ぜられると、ぐちゃぐちゃと厭《いや》らしい音がした。それが自分から溢れ続けているもののせいだと思うとシュイの羞恥心《しゅうちしん》が煽《あお》られて、身体は一層敏感になっていく。

「こっち、触ってないのに尖ってる」

何もされていないはずの右の胸にルサがふうと息をかけてきた。

「んんっ」

そんな些細《ささい》な刺激にすらシュイの身体は震える。

「すごいね。もう何してもびくびくして感じてる」

「んっ、あ、あっ……」

「中、すごくとろけてきた」

「ひあっ」

三本目の指が入ってくる。それはシュイの中に簡単に飲み込まれた。

「もう慣らさなくても大丈夫そう」

ルサはうっとりと笑ってずるりと指を引き抜いた。

「んんっ」

穿《うが》つものを失ったそこが、きゅうんと音を立てるように蠢く。

ルサがシュイから離れ、自分の下衣を下着ごと脱ぎ去り、横に放り出す。

「あ……っ」

シュイはぼやけた視界の中でもはっきりとわかるくらい立派なルサのものを見つめた。シュイのものよりも何周りも大きくて、凹凸《おうとつ》のくっきりとした見事な形だ。色はシュイのものよりも赤みが強く、雄々しいという表現がよく似合う。

「俺ももう余裕がない」

ルサは熱い吐息とともに告げた。

確かに、ルサのものは腹にぴったりと付くくらいに張り詰めていて、準備万端過ぎるほどだった。先端は先ほどのシュイと同じように先走りに濡れててらてらと光っている。

「いいんだよね？」

シュイの両脚を開き、その間に腰を入れてきながらルサが聞いてくる。黒瞳のギラギラとした輝きはシュイを完全に獲物として捉えている。だがシュイは怖くなかった。むしろそんなルサが愛おしい。

「いい、よ。俺が、言い出したことだし」

本当にあんな大きいものが入るのだろうかと慄《おのの》きながらも、シュイは答えた。でも、早く欲しいという気持ちがじわじわと湧いてきている。見たばかりの形を思い描くだけで、身体の芯がじんと痺れて、口の中に唾液《だえき》が溢れてくる。ごくんと喉を鳴らす。指で弄られていた場所にあれを入れられたら、どんな心地がするのか。味わってみたいとオメガの本能が訴えている。

「なるべく、無茶はしない。首筋は噛まないし、中にも出さない」

ルサがシュイの待ち詫《わ》びる場所に先端を当て、真剣な顔で宣言する。シュイに告げながら、自分にも言い聞かせているようだった。

「入れるよ」

ルサの切っ先がぐっと押し付けられ、シュイの中にゆっくり潜り込んでくる。大きくて火傷《やけど》しそうなくらい熱いものに開かれる感覚は圧倒的だった。シュイは後ろ手に寝台の敷布を摑んで衝撃に必死に耐えた。

「あっ、あ……、んぅ、は……っ」

じわじわと侵食されていく。苦しい。でも痛くない。シュイの中はルサをひどく歓迎していて、中の潤いが奥に進むごとに増している。

「ッ……あっ！」

グッと腰骨を強く摑まれ、押し込まれた。目の前に星が散った。身体の芯がくらくらするくらい熱く痺れて、指先まで震えた。全身を攫《さら》っていくような熱の中、身体の最奥にルサの先端が当たっているのを感じた。

「全部、入った」

ルサが喜びの滲んだ声で教えてくれる。あんな大きいものが本当に入ったのだと、シュイはゆるりと瞬いて自分の下腹を眺めた。浅い呼吸に合わせて上下する薄っぺらい腹が、うっすらルサの形に膨らんでいるような気がして、手をやって撫でてみた。

「っ」

ルサが呻き声を上げる。腹越しに刺激されたのだろう。

「動くの、我慢してるんだから、煽らないでくれ」

欲望に染まった黒瞳がシュイを覗き込んで咎《とが》めてくる。

「我慢、しなくていい」

動いて欲しい。どろどろになっている中をルサのもので思い切り擦って欲しい。いっぱい、たくさん、して欲しい。

オメガの本能にシュイの理性は確実に侵食されている。僅かに残った理性でそれを理解しているのに、止める気にはなれなかった。

「っ、後悔しない？」

「しないから、早く」

シュイが答えると、ルサは獣のように小さく唸った後、シュイの両脚を肩に抱え上げ、骨ばった腰骨を摑んでガツンと音がしそうなくらいに最奥を穿ってきた。

「ひあっ」

シュイの瞼の裏に星が散る。

「あ、あっ、あっ、あ……っ、あん、ん、あっ……！」

ルサは徐々に律動を速めていく。

「シュイ、シュイ」

ぱたぱたとシュイの頬や胸元に汗が滴《したた》ってくる。

「つあ、ルサ……っ」

汗で黒髪を額に張り付かせた顔は色気たっぷりで、見るだけでシュイの快感はさらに増した。

「シュイ。こんなに気持ちいい、なんてっ」

ルサが上半身を屈《かが》め、シュイに口付けてきた。その間にも腰の動きは止まらない。

「あ、あん、あ、あっ、ああっ」

シュイは喘ぎながらルサの口付けに応える。ルサの指がシュイの襟足《えりあし》の下を探り、首筋をなぞった。

「そこは……っ」

触れられた場所はとても敏感で、ルサを受け入れている中がぎゅっと締まったのが自分でもわかる。涙が眦から溢れた。

「わかってる、噛まない。だけど、シュイ、噛みたい。君を、番《つがい》にしたい」

でもしてはいけないと、ルサは口付けの合間に自分に必死に言い聞かせている。

「ふ、ふふっ」

シュイは思わず笑っていた。どんな相手も支配できるアルファのくせに、シュイ相手だとどうしてこんなにも必死になるのか。それだけ大切にしようとしてくれているのだ。

「いいよ、噛んで」

ルサは驚いた顔になってぴたりと律動を止めた。でも、腰は僅かに動いたままだ。

「シュイ？　何を……？」

ルサは何度も瞬きをして聞き返してきた。

「ルサが噛みたいなら、噛んでいい」

「つ、君は、アルファとオメガにとって番になることがどれだけ大事なことかわかってないから……」

確かにオメガとしての自覚が足りないシュイには、

大事なことだと言われてもピンと来ない。だけど、ルサならいい。

「俺がいいって言ってるんだ。ルサ以外の誰にも抱かれたいと思わないから。それで構わない」

「シュイっ」

ルサの全身に歓喜が満ちていくようだった。ぶわりとルサの甘い匂いが強くなってシュイの隅々まで染み渡っていく。ルサは獲物を確認するようにすっと目を細めると、浅く繋がったままシュイの身体を反転させた。中のルサがぐるりと内壁を抉って、シュイは身悶《みもだ》えた。

「あっ、ああっ」

ルサが背後からシュイの腰を引き上げて抱える格好になる。四《よ》つん這《ば》いで、まるで獣みたいな格好だ。ルサが背中を覆うように屈んできて、首筋に濡れた熱い感触が触れた。次いで、舐められる。まるで噛むべき場所を確認しているかのように。

「ここだ」

項《うなじ》の、ちょうど中央にルサが唇を強く押し付けた。印を付けるように強く吸い上げられる。

「ひあっ」

それだけで前も後ろも滴るほどに感じた。そこはオメガの弱点なのかもしれない。

「ここを噛むと、アルファの唾液に含まれる成分がオメガの身体を作り替え、噛んだアルファだけに反応するフェロモンしか産生《さんせい》しないようになる。そして、アルファ自身も一生そのオメガだけにしか発情を誘発されなくなる」

淀《よど》みなく告げられた仕組みは難しくてよくわからなかったが、一生という言葉がシュイの胸に響いた。

「噛んで、君を俺だけのものにする」

自分がルサだけのものになる。ルサが自分だけのものになる。それはとても甘い誘惑だった。

「ん、んっ、早く、噛んで」

一生、他の誰にもこんなことを許す気はない。ルサだから抱かれたい。だからそれでいい。

シュイが口にした直後、首筋がきつく噛まれた。

「ああ、ああっ――」

痛みではない。快楽の絶頂を何十倍、何百倍にも、濃くしたかのような鮮烈な感覚だった。シュイは思わず極めていて、身体をびくびくと痙攣《けいれん》させた。前から白濁が迸《ほとばし》って寝台の上を汚す。

ルサが唇に歯を当てたまま小さく呻く。

「シュイ、クッ、そんなに締め付けたら……」

「あ、ああっ」

無意識に締め付けてしまった中でルサも弾《はじ》けたのがわかった。熱いものが腹の奥底に叩きつけられたのさえ心地よくて、シュイはまた震えた。

「っ、ごめん。中に……」

オメガは男でも孕む。発情中に男に抱かれて、中に子種を注ぎ込まれたら、妊娠する。

「子供……」

ルサと自分の子供。ルサみたいに綺麗な顔だろうか。自分のような赤髪だろうか。男か、女か。アルファか、オメガか。どんな子供だったとしても、絶対に可愛い。ルサもこれ以上ないくらい愛してくれると確信できる。売られたりしない。ずっと一緒にいられる。

想像したら、胸が温かいものでいっぱいになった。

「避妊薬がある。すぐに飲めば……」

ルサが慌てて抜こうとするのを、シュイは背後に腕を回して止めた。

「抜かないで。このままもう一回して」

ルサのものは硬さを失っていない。入っているだけでも気持ちよくて、でも、それだけでは足りない。さっきみたいに中をいっぱい擦って欲しくてたまらない。

「でも、すぐに飲まないと、子供ができる可能性が」

「できてもいい」

背後を振り向いて告げると、少しぼやけた視界の中でもはっきりわかるくらいルサは驚いた顔をしていた。

「できてもいいから」

「シュイ……？」

「子供、売ったりしないよな？」

「当たり前だ！　絶対手放したりしない。君と同じように命を懸けて大切にするよ」

ルサを本当に疑ったわけではない。ただ、その言葉が聞きたかっただけだ。シュイはすうと息を吸い込んだ。

「ルサに家族をあげるよ。家族がいれば、ルサはもっと孤独じゃなくなるだろ？」

あまりにも強い力を持つアルファ。でも、家族には耐性がある。それはきっと自分の子供でも同じだろう。

自分がルサに与えられるものは、身体だけではない。もう一つあった。

「ルサ、俺と家族になろう」

両親に売られた自分に家族が持てるなんて考えもしなかった。でも、ルサの家族になりたいと思う。

「シュイ」

ルサがシュイの背中に覆い被さり、肩に額を埋めてくる。

「君は、俺の欲しいものを全部くれる」

肩を温かい雫が濡らす。

「絶対に幸せにするから。俺の幸福《シュイ》」

○　○

「おはよう」

シュイが目覚めると、睫毛が触れそうな間近から眩《まばゆ》いくらい輝く顔に見つめられていた。時刻は昼前くらいだろうか。

「ん、おはよう」

声は酷く掠れていた。散々嬌声《きょうせい》を上げたことを思い出し、気恥ずかしくなって顔を逸らした。

「匂い、完全に消えてる。発情期終わったみたいだね」

確かに頭の中はとても清明だった。だからこそ、脳裏に蘇る昨晩の痴態の数々が恥ずかしくてルサの顔を見られない。シュイは身体にかかっていた掛け布を引き上げて顔を隠した。

発情期の終わりかけだったが、アルファを前にしたオメガの発情は凄《すさ》まじかった。一度、探り合うように身体を重ねた後は、ルサも、シュイも、際限なく互いを求めた。シュイに至っては、ルサが中に入っていてくれないと落ち着かなくて、抜かないでと何度もあられもなく懇願したほどだ。

寝そべったルサにまたがって、自分から腰を振った。ルサの子種が欲しいと訴える本能に命じられるまま、出してと何度も強請った。もちろん、ルサは全部叶《かな》えてくれた。ルサも二度目からは遠慮しなかった。シュイが強請る以上にシュイを貪ってきて、シュイの全身に口付け、吸い付き、痕を付けた。

疲れて少し眠って、目が覚めたらすぐにまた求め合った。それを何度も繰り返して、朝方になってやっとちゃんとした眠りに落ちた。

思い出して赤面していたら被っていた布を捲られ、顎を取られて口付けられた。

「んっ、ん……」

起き抜けにしては濃厚すぎる口付けにくらくらとする。

「ルサ、んぅ……」

やめろと訴えていると、腰に回った手が数も覚えていないくらいルサを受け止めた場所を探ってきた。中に指を差し込まれると、とろりとしたものが溢れ出てくる。

「やめ、て。もう、発情、してないのに」

「でもまだ名残があるみたいだし、柔らかい。一回だけ、ね？」

ルサが吐息の触れる距離で囁いてくる。少し掠れた低音がシュイの中にある快楽の泉を波立たせ、シュイは強く拒めなかった。発情していないはずなのに、ルサの指で弄られている場所がきゅんと締まってルサの指を締め付けた。ルサが喉で笑う。

「あ——っ」

俯《うつぶ》せにされて、背後から覆い被さってきたルサがゆっくり中に入ってくる。

首筋にかかる髪をかき上げられて、ルサが熱心にそこに口付けてくる。

「シュイ、俺のシュイ」

そこには、嚙み痕があるはずだ。

「ちゃんと、残ってる。これ、番になると、一生消えないんだよ」

嬉しいと思った。辛い記憶しかない他の傷痕とは違う。ルサの残した痕が一生刻まれたままだと思うと、誇らしい気分にさえなってくる。

「あ、は、あんっ」

ルサは密着したまま腰をぐっぐっと上下させてくる。激しくない交わりは、ただひたすらに心地よい。

「ルサ、も、いきそ……っ」

ゆっくり確実に高みに駆け上がる。

「俺も。シュイ、一緒に」

ルサの手が敷布に押し潰されていたシュイの前を探り出し、刺激を与えてくれる。同時に腰の動きも激しくなった。

「あっ、あ、ああっ」

「くっ」

シュイが極めると同時に、ルサが低い獣のような唸り声を上げ、中に熱いものがじんわりと広がった。

ルサも達したのだと思うと、ほうっと息が漏れた。

「あ、子供。できてたら、こんなことしたらいけないんじゃ」

シュイは心配になってルサを振り向く。

ルサは少し驚いた顔になってふわりと微笑んだ。

「よかった。発情中じゃなくても、俺との子供、欲しいって思ってくれるんだ」

「当たり前だろ。それより子供は大丈夫なのか？」

シュイは背後から覆い被さっているルサを押しやって起き上がる。ルサのものがずるりと抜けていった。

おそるおそる下腹に手をやった。現実みがないが、妊娠していればここに子供が宿っているはずだ。

ルサは向かいでシュイと同じように上半身を起こした格好で苦笑する。

「すごく残念だけど妊娠の可能性はほぼないかな。発情期がほとんど終わりかけだったからね。初日から三日目くらいが一番妊娠の可能性が高くて、後になるほど低くなるんだ」

さすがにオメガのことはよく知っているらしい。

「そっか」

ほっとしたような残念なような。ルサも最初から言ってくれたらいいのに。

「え？　そしたらなんで避妊薬とか飲ませようとしたんだよ」

「絶対とまでは言えないからね。万一にもシュイの同意なく子供を作ったりしたくなかった」

ルサの言葉にシュイはじんとしてしまった。

「じゃあ、次のときは、ちゃんと最初の日から……」

言っている途中でシュイは口を覆った。ルサが感動した顔でシュイを見ている。

「次も考えてくれるんだ」

「っ、あ、当たり前だろ。ルサと家族作るって約束したし、もう番とか言うのになったんだから」

見えない場所の噛み痕がじんじんする。きっと項まで真っ赤になっているに違いなかった。

「そうだね。約束してくれたね」

ルサの声は弾んでいる。

「う、うん」

身体を引き寄せられ、「ありがとう」と囁かれた。ルサの少し高い体温がじわじわ移ってくる。大事な話をしているはずなのに、裸同士でぴったりとくっついているとまた変な気分になってくる。

「水浴びしようか？」

しばらくの沈黙の後、ルサが提案してくれてシュイは心底ほっとした。

「うん。あ……」

立ち上がろうとしたのに立ち上がれなかった。腰にまったく力が入らないのだ。

「無理しなくていいから」

ルサはそう言うと、シュイを敷布に包《くる》んで抱き上げた。

浴室に連れていってくれるらしい。這っていくのは嫌だったので助かったと思った。

しかし、ルサは敷布を剥いで裸にしたシュイを浴室の椅子に座らせて、背後に陣取ってきた。

「ルサ？」

裸は今更だし、ルサも自分を洗うのだろうが、何故後ろなのか。

「洗ってあげるよ」

「え？　自分で洗える」

「いいから。座ってるだけでも辛いだろう？」

ルサは桶から水を掬い、シュイの肩から頭にゆっくりとかける。

「冷たくない？」

「え？　う、うん」

水は冷た過ぎず、火照《ほて》った身体を心地よく冷やしてくれる。

「黒国では風呂にはお湯を使うんだ」

お湯で身体を洗うなんて想像もできない。火傷してしまいそうだ。

「火傷なんかしないよ。むしろ温かくて、気持ちいい。特に黒国の冬は寒いからね」

シュイの身震いに考えを悟ったらしいルサが笑いながら教えてくれる。

「黒国……」

アルファとオメガが普通に暮らしている国。遠い遠い異国。

「いつか、行ってみたい」

シュイはぽつりと漏らした。おそらくそれはシュイが初めて口にした自由な世界への夢だった。

「いつかじゃなくて、絶対に連れていくよ。俺の育った国をシュイにも見て欲しい」

将来の約束は、なんだか面映《おもはゆ》くて、シュイは何も答えられなかった。


「さあ、目を瞑って。しみるから、絶対開けたら駄目だからね」

「え？」

反射的に言われた通りにしてみたものの、目がしみるとはどういうことなのか。ルサが洗う髪から花のような香りがする。

「石鹸《せっけん》？」

初日に渡された石鹸の匂いだと思い出し、目を開ける。

「こら、駄目だって！」

「っ」

本当に目がしみた。目に汗が入ったときと同じ痛みだ。慌ててぎゅっと瞑る。

「俺、石鹸なんて高価なもの……」

「俺も使ってるから、気にしなくていい」

逃げたいが、目がしみた痛みを思い出すと動けない。

ルサはそのうち、鼻歌を歌い出し、頭に石鹸を付けたまま、全身を洗い出した。

「っ、身体まで……！」

「泡が頭に付いたままだから動いたらまたしみるよ」

そう言われたらもう動けない。

ルサの手が背中に滑る。ぬるぬるしている。石鹸はぬるつくものだと初めて知った。背中に触れているのは、手や布ではなく、もこもこしたものだ。石鹸を使っているということは、石鹸と一緒に渡された海綿とやらだろう。ルサは背中の全体を綺麗にして、肩や腕、背中から腕を回して首から胸を擦っていく。

手付きが気持ちよくて、シュイはいつの間にか力を抜いていた。ルサは腰から下も丁寧に洗ってくれる。酷使した場所は直《じか》に手指で洗われた。ルサに注がれたものがとろりと溢れてきたので恥ずかしくてじっとしていることしかできなかった。ルサは何も言わずにそこを綺麗にしてくれた。

シュイを丁寧に洗い流した後、ルサは自分をシュイにかけた時間の半分もかけずに洗った。最後に、ぶるぶると頭を振って水気を飛ばしたのが、なんだか犬みたいでシュイは笑ったが、濡れた髪のルサがあまりにも色気たっぷりで口もきけないくらいドキドキしてしまった。

シュイに命じた丁寧な拭《ふ》き方を無視して自分をガサガサ拭いて、ルサはシュイをいつも使っている柔らかい布に包んで抱き上げた。全身から水気を拭ってくれる。連れていかれた先は、先ほどまで睦《むつ》み合っていた寝台だった。

「肌の荒れ、炎症は完全に治ったみたいだから、塗り薬は終わり。今日からはこっちの香油」

新しい布を寝台に敷いてシュイをその上に俯《うつぶ》せにする。

「ひゃ、くすぐったい」

「マッサージしてあげるよ」

ルサはシュイの全身に丁寧に香油を塗り始めた。ゆっくり押されたり、摩《さす》られたりして、洗われているとき以上にうっとりする。ただでさえ初めての性交のうえに、際限なく貪り合ったものだから、全身の筋肉が悲鳴を上げていた。うとうとして眠りそうになったので慌てて目を擦る。

「眠っていいよ」

ルサが苦笑する。

「でも、させてばっかりなのに」

シュイは背後を向いて、小さく声を上げてしまった。

ルサはズボンだけ身に付けた格好だったが、はっきりわかるくらい股間の部分の布が持ち上がっている。

「ごめん。さっき洗ったとき、ここから俺のが零れてきたのに興奮して」

さらりと尻を撫でられる。シュイは顔を真っ赤にした。あのとき無言だったのはそのせいだったのか。

「あの、もう、一回、する？」

シュイはごくりと唾《つば》を飲んで提案してみた。あれくらい大きくなってしまったら、出さないと辛いということをシュイは昨日身をもって体験したからだ。

ルサは驚いた顔になった後、すぐに嬉しそうな笑みを浮かべてシュイの額に口付けてくれた。

「ありがとう。でも気にしなくていい」

「だけど」

「今は休養の方が先決だ。もうくたくただろう？俺も疲れたし、マッサージ終わったら一緒に寝よう？」

シュイは確かに疲れているけれど、ルサに疲労は見えない。アルファだし、元々の体力も違い過ぎる。シュイのことを慮《おもんぱか》ってくれるルサに、シュイはもうそれ以上何も言えなかった。代わりに、マッサージを終えて横になってきたルサに自分から腕を回して抱き付いた。

「シュイは俺を甘やかすのが上手だね」

ルサはくすくす笑ってシュイの額に口付けてくれた。

「おやすみ」

「……うん」

額がじわりと熱を持っていた。快楽ではなく、心がぽかぽかと温まる。瞼を閉じると、すぐに暖かくて優しい眠りへと誘われた。

◯ ◯

焼きたてのパンのいい香りが食欲をそそる。

「次はこっち」

寝台の上で上半身だけ起こした格好で、シュイは朝食を食べさせられていた。シュイが手にしたものを食べ終わるのを見計らってルサが次をせっせと手渡してくれる。昨日、発情期が終わって、さらにその後にも抱かれた疲れが一日経ってもまだ残っていた。でも寝込むほどではないのに、ルサが心配するから寝台での食事になってしまったのだ。

「もう十分」

お腹《なか》がいっぱいだと断ると、最後に飲み物を渡された。羊の乳を温めたもので、一口、二口飲んでほっと落ち着く。ルサが持ってきた朝食はまだ残っている。

「残りは昼と夜にしようか。あとは日持ちするものばかりだから」

ルサは朝食の残りを寝台の脇に持ってきた卓の上に置いて覆いをかけ、シュイの隣に戻ってくる。確かに、今日の朝食はパンや燻製《くんせい》の肉、果実等、そのまま夜まで置いても大丈夫なものばかりだった。せっかくルサが作ってくれたものを無駄にせずに済むとシュイはほっとした。

「ルサ、いくら俺を太らせたいからって作り過ぎ」

「ごめん。実は最初から一日分にしようと思って作った」

「え？」

瞬いたシュイにルサが苦笑する。

「料理するとその時間離れなきゃいけないからね。今はシュイから離れたくない。少しでも長く傍にいて、俺のことを好きになってもらいたい」

「す、好きって……。もう、つ、番になった、のに？」

「それとこれとは別だよ。シュイの中で他の誰にも負けたくない。そのためには傍にいるのが一番かなって。……正直、自分にこんな独占欲があったことに驚いてる。呆《あき》れた？」

首を傾げて聞いてくるルサにシュイは小さく首を振った。

「よかった」

ルサは安堵した笑顔でシュイの隣に横になりかけた。

「おい、ルサ」

しかし、突然、第三者の声が寝室の扉の向こうから響いてきた。ルサは面倒臭そうに寝台から降りていって扉を開いた。

扉の隙間からちらりと見えたのは、シュイも会ったことのあるルサのお目付役の不機嫌そうな顔だった。

「え？　ソークさん？　なんで？」

シュイが驚くと、ソークが片頬を持ち上げて答えてくれた。

「仕事が大詰めだからな。政務官の地方視察ってことで潜入中だ」

シュイの知らないうちにいつの間にかそんなことになっていたらしい。

「それにしても、この前よりさらに……」

「ソーク、見るな」

ソークの興味深そうな視線をルサの身体が遮った。

「ここにはしばらく近付くなって言っておいただろう?」

「言われたが、もう七日過ぎたぞ。終わったんだろう?」

ソークは何をとは言わなかったが、明らかに発情期のことだった。何をしていたのか全部知られているようだ。なんだかいたたまれなくてシュイは顔を伏せた。

「お前の見たがってた奴隷の登録書類、捕まえた盗賊と奴隷との照合調査のための赤国王による奴隷財産の把握令だとか適当な理由を付けてマザクの閲覧許可を取ったぞ。滅茶苦茶嫌味を言われたし、妨害もされたが、なんとかな」

「ああ、ありがとう」

ルサの返事は歯切れが悪い。

「奴隷売買が盛んな地域だけあって膨大な量の資料だ。しかも、おそらくわざとだろうが、整理もされていない。俺ならあれに全部目を通すだけで半年はかかるな」

「半年もかけてられない」

ルサは真剣な様子で返し、ソークに先に出ていてくれと言ってシュイの元に戻ってきた。

「シュイ」

「行ってこいよ」

ルサの謝る気配を察してシュイは先に告げた。

ルサがぱちりと瞬く。シュイは首筋に手を当てた。肌に残る噛み痕を指先で撫でる。

「これ、あるから。傍にいなくてもいるようなもんだろ?」

ルサは寝台に腰かけて屈み、シュイの指先が触れているすぐ横に口付けた。ほんの少しだけ甘い痺れが生まれる。

「俺がいない間も俺のこと考えていてくれる?」

「この部屋、ルサが用意したものばかりだろ。考えない方が無理だろ」

七日間、片時も離れなかったルサがいなくなる。少しだけ湧いてきた不安を押し殺してシュイは返した。ルサが微笑んで応じる。

「そうか。うん、そうだね。行ってくる」

ルサの身体がシュイから離れる。

シュイは無意識にルサの袖《そで》を引いていた。

「シュイ?」

「その……。ちゃんと帰ってくるよな?」

「もちろん」

ルサはすぐに頷き、触れるだけの口付けをしてきた。

「いってきます」

「いってらっしゃい」


シュイが見送りの言葉を口にすると、ルサは嬉しそうに笑った。それからウーに三度もシュイのことを頼むと言い置いてからソークと一緒に出かけていった。

ルサの姿が消えるまで手を振って、シュイはふと自分の手を見た。家族を見送るための仕草だ。

「いってらっしゃい?」

思い出す限り、こんなことはしたことがないのに、自然とやっていた。もしかして記憶にない両親にしていたのだろうか。

「家族……」

ルサの家族になると宣言したからか、その言葉はシュイを以前より傷付けることはなかった。


高い窓を見ると、薄闇の中に月が浮かんでいた。

夜の始まりの空を眺めながらシュイは深い溜息を零した。

ルサは朝、ソークが呼びにきて出ていったままだ。忙しいのだろう。最近はそんな実感はまったくなかったが、シュイは幽閉されている身だから一人で外に出るわけにもいかない。一日中、寝て過ごした。

ルサの置いていってくれた昼食と夕食を食べ、水浴びも終えてすっきりした。

「うーん」

やっと身体が楽になったとシュイは大きく伸びをした。

「……やっぱ、ちょっと暇だった、かな」

一人きりで寝台の上ではウーとも遊べなくて退屈だった。そして、それ以上に寂しかった。気付いたらルサの方の枕を使っていたり、また自分の枕の下に戻した小物を取り出しては眺めたりしてしまった。首筋に手をやった回数なんて覚えてないくらいだ。


「シュイ、ただいま！」

正にルサの枕を抱き締めたところで、ルサが帰ってきた。シュイは慌てて枕を元の場所に戻した。

「お帰り」

ルサはまっすぐシュイのいる寝台に向かってきて、上半身を起こしたシュイに抱き付いてきた。

「会いたかった」

一日も経っていないと笑ってやりたかったが、自分も寂しかったからそんなこと言える立場じゃない。枕よりも濃いルサの香りが漂ってきて、シュイはそっと甘いそれを吸い込む。そうすると胸に空いた穴がじわじわと埋められていく気がした。

「ん……」

ルサがシュイの顎を掬い上げ、唇を触れ合わせてきた。たった一日会っていないだけなのに思いの丈を込めたように掻き抱かれて、シュイもルサの背中に腕を回して応じる。ちゃんと息継ぎもできたので、たっぷり時間をかけて互いが満足するまで口付けた。

「お帰り」

唇を離した瞬間にもう一度告げると、ルサは睫毛が触れ合う距離で嬉しそうに微笑んだ。

「ただいま」

そしてそのままシュイを寝台に押し倒してきた。

「ルサ?」

「ん?」

「発情期、終わったんだ、よな?」

ルサはシュイの服を脱がしにかかっていた。

「終わったよ?」

それがどうしたと言わんばかりの様子だ。シュイの上着はあっという間に脱がされてしまう。至るところに鬱血《うっけつ》の痕が散った肌に、ルサは吸い付いた。

「んっ」

ズボンの中に入り込んだ手に裸の尻を揉《も》まれて、シュイの脳裏に抱き合った光景が浮かび上がる。

「ルサ、待って、俺、発情してないんだろ?」

発情期が終わった直後に一度したたし、ルサはまだしたそうだったが、あれは発情の余韻あってのことだ。でも今はその余韻はすっかり消えている。ルサを掻き立てるものもないはずだ。

戸惑いながら訴えると、ルサが顔を上げてシュイを見詰めてきた。

「だから?」

「え?」

シュイにはルサの返しの意味がわからなかった。

「ベータは発情してなくても愛し合うよね?」

「だってベータには発情期がないから」

「子作り目的じゃなくてもするよね?」

シュイは答えに窮した。確かにその通りだ。シュイは興味がなかったが、特に男は皆したがっていた。単に気持ちいいから、そして、相手が好きだから。

「同じことだよ。発情期なんて関係ない。愛しくて欲しくてたまらないから、したいんだ」

ルサの星の煌《きら》めきを秘めた黒瞳がじっと見詰めてくる。指の腹で繋がる場所をゆるりと擦られて、じんとした感触がそこから身体の中心に駆け上がってくる。

「は……っ」

零れた吐息は熱かった。

「でも発情してないと濡れないから、念入りに準備が必要だな」

ルサが愉《たの》しくて仕方ないというように頬を緩ませる。

準備とは何かと問う前にシュイのズボンがするりと抜かれた。露わになった、かすかに勃起しかけた性器を、ルサの口に攫われた。

「ひっ」

あまりのことにシュイの口から小さな悲鳴が漏れる。

ルサの口の中は温かかった。

「ルサ、や、やだっ」

「ん？　気持ちよくない？」

口を離してルサが笑う。ちゅっと、一瞬で完全に勃起した先端に口付けを受けてシュイの身体がびくりと震えた。

「あっ、あ、待って」

「待たない」

ルサは再びシュイを口に含んだ。唇と舌でじっくりとしゃぶられてシュイは声を上げそうになるのを必死で耐えた。じゅぷじゅぷと扱かれて、ルサの唾液とシュイの先走りの混ざった液体が幹からその下の袋、さらにはルサの指の腹で擦られている蕾《つぼみ》に垂れていく。ルサの綺麗な顔が自分のそれを頬張っている光景はあまりに卑猥《ひわい》で、見ているだけで羞恥が高まって変な気分になる。

「ひうっ」

たっぷりと液体をまとったルサの指が中に入ってきた。入る瞬間こそ違和感があったが、先端さえ入ったらあとはまるで喜んでいるかのようにルサの指を飲み込んでいった。

「っ、ルサっ、あ、あ……っ」

入り口すぐの場所をぐるりと擦られるだけでシュイの身体は、昨日与えられた快感を思い出した。発情の最中ほどの強い欲求ではない。だが、じりじりと肌を焦がす太陽のようにゆっくりシュイを焼いていく。

「シュイ、苦しくないか？」

ルサが口淫《こういん》の途中で下肢からシュイを見上げて聞いてくる。ぺろりと唇を舐める仕草が酷く艶めいている。シュイはがくがく頭を振って頷いた。苦しくない。むしろ気持ちいい。

ルサは嬉しそうに綺麗に微笑む。

「すごく可愛い、シュイ」

ルサはシュイと繋がる場所を指と舌で存分に柔らかくすると自分の下衣を寛《くつろ》げた。理性を残す表情とは違い、そこはシュイの発情を前にしたときと寸分違《たが》わぬくらい猛《たけ》っていた。シュイはごくりと喉を鳴らした。

「そんなの、入らない」

発情していたときとは違う。

「大丈夫。ゆっくりするから」

ルサはシュイの怯えたように窄まった場所に先端を当てる。

「シュイ、息をゆっくり吐いて」

「ふ……」

絶対に無理。でも、してみたい。ルサを感じたい。シュイは言われる通りに息を吐いた。

「あっ」

ルサのものが僅かに力の抜けた場所に潜り込んでくる。

「んっ」

指とは違う感覚がシュイをいっぱいに開いてくる。

「少しずつ、な」

ルサは腰を揺すり、また少し中に入ってきた。苦しかったけれどシュイのそこはなんとか受け入れた。

ゆっくり、ゆっくり、ルサと繋がる。シュイはルサの肩を掴んで圧迫感をやり過ごす。ルサも少し辛いのか、額にうっすらと汗をかいていた。

そうまでして繋がろうとしている自分達がなんだか不思議だった。でもやめる気にはならなかった。

「ああっ……」

時間はかかったが、ルサは全部をシュイの中に埋め込んだ。その瞬間、二人で顔を見合わせて笑ってしまった。

「シュイ、愛してる」

「うん……」

発情していなくても、シュイの身体はルサを受け入れることができるのだ。

○　○

「そこ、間違ってる。ここは、こう」

昼下がり。日課になっている字の書き取りをしていると、背後から回ってきた右手に右手を攫われ、間違った字の横に正しい字を書き直される。

「……ルサ、書きにくい」

文字を正されて、シュイは礼を言わずに文句を言った。

ルサに背後から抱きかかえられた状態で、左腕で腰はがっちり固定されている。その上、左隣にはウーがぴったりと寄り添っている。一人と一頭に密着されていれば、字だって書き損じる。

「離して」

ルサの胸にもたれかかり、上を向いて頼むと、ルサはにっこり笑った。

「嫌だ」

「……」

「俺はシュイと一秒でも離れていたくない。それに、これじゃあ足りないくらいだ」

ルサの左手がシュイの下腹から太腿《ふともも》をさわさわと撫でる。

「ルサ。さっきも、した……」

数刻前……昼食後に一度したし、朝もした。昨晩は二回もしている。

一度身体を重ねてから一ヶ月が経つが、時間が経つほどにルサはシュイに執着してくる気がする。発情期でもないのに、身体を重ねていない日は一度もなくて、最初は夜と、たまに朝だけだったのに、ここ数日は、昼にも抱かれる。ずっとかかりきりだった書類の調査が数日前にほとんど終わったから時間ができたらしい。

半年はかかると言っていたものを一ヶ月で終えたなんて信じられないが、ルサ曰《いわ》く、シュイが待ってくれているから頑張った成果だそうだ。

今は明らかになった結果について問い合わせ待ちらしく、ルサはシュイの傍にずっといてくれて、ずっとこの調子だ。

「ルサ。んっ……。また、ウーが、拗《す》ねる」

シュイはルサがいない昼間はウーと過ごしていたのだが、ルサが一日中ずっとシュイを独占するので、ウーが癇癪《かんしゃく》を起こし、一人と一匹でシュイを取り合った結果、窮屈な格好になったのだ。

ルサは無言のままシュイを横抱きにして寝台に向かった。

「え？　ちょっと、ルサ！」

シュイを寝台に下ろし、薄布を下ろす。

「ウー、上がってくるなよ」

ルサは薄布の中から顔だけを覗かせウーに命じた。

寝台の上には上がってはいけないと躾《しつ》けられているウーは大層不服そうに唸ってから、寝室の外に出ていった。

「これで大丈夫？」

「俺はウーが邪魔なんて言った覚えはないし、その前にするって言ってない……」

シュイの言葉を、覆い被さってきたルサの唇が封じた。

「んぅ、ふぁっ……」

すっかり慣れた口付けの甘さに、シュイの身体は一瞬で陥落する。それでも残った理性でルサの背中を叩いて引き剝がそうとするが、厚い身体で寝台に押し付けられるともう駄目だった。

発情しているときには、とにかく気持ちよくなりたくてたまらなくて、自分を抱いているのがルサだとわかって安堵してもっと気持ちよくなる。発情していないときは、ルサに触れられているとまず頭が理解して、ルサにされていると思うほどに気持ちよくなってくる。

「あ、あんっ……」

発情していないときは、入れるのが少し苦しい。でも、その感覚も今では好きになってしまった。

「シュイの中、すごく気持ちいい。ずっとこうしていたい」

ルサがゆっくり中を穿ちながら告げてくる。

それが嬉しいのだから、シュイは自分はどうにかしてしまったのだなと思った。


今回は一度だけで終わってくれたのでシュイはほっとしていた。

ルサが横臥《おうが》した裸のシュイを胸に抱き留め、思い出したように額や肩に口付けてくる。

「まったく」

「ごめん。でもシュイは本当に嫌なら嫌って言ってくれるから」

ルサの言葉にシュイは真っ赤になった。確かに、二度に一度くらいは嫌だと断っている。断らなかったということは、シュイも望んだということだ。

「シュイは俺のアルファの性質にも流されてくれないから、我儘《わがまま》が言える」

ルサの言葉にシュイの胸がちくんと痛んだ。

誰もがルサの言う通りにしてしまう。ルサの力への耐性がないという家の外では冗談程度の我儘も言えずに生きてきたのだろう。

シュイはルサのさらさらの黒髪を撫でて仕方ないなと好きなようにさせていた。

「おい、ルサ」

寝室の外から控えめな声が聞こえてきた。ソークの声だ。シュイは慌ててルサから距離を取った。

ルサは残念そうにシュイの手の先を一瞬だけ握って寝室の外に出ていく。シュイが衣服を整え終わると、ルサが戻ってきて寝台の覆いの中に入ってきた。

「シュイ、ごめん。ソークが用があるらしいんだ。少し出てくる」

きっと仕事のことなのだろう。

「わかった」

「すぐに戻ってくるから」

「別に四六時中いなくても平気だよ」

シュイは強がりを言うと、苦笑するルサに手を振って見送った。

「ウー、ごめんね」

一人残されて、シュイは寝台から降りて絨毯の上で不貞腐《ふてくさ》れていたウーに話しかけた。ウーは飛び起きた。やっとシュイを独り占めできるとなんだか嬉しそうだ。はっはっと、舌を出し、尻尾をぶんぶん振ってシュイを見上げてくる。

「ウー、ちょっと。わ！」

ウーはシュイにのしかかってきて顔を舐めてくる。

「ウー、くすぐったいって！」

しかし、ウーはふと顔を上げ、シュイの臍《へそ》の辺りに顔を寄せてクンクンと嗅いできた。

「ウー？」

それから何故か不満げな様子で再びシュイに覆い被さり、べろべろと顔を舐めてきた。

「こら、ウー！　やめろって！　わあ！」

文机の上の物が派手な音を立てて落ちた。幸い、インク壺《つぼ》が割れていなくてほっとする。

「何をしてるんだ？」

完全にウーに押し倒された格好で寝室の入り口を見ると、エハが立っていた。エハの姿を見るのは、墓地に行った日以来だ。エハはシュイに発情期が来たときに別の仕事に変わってもらい、そのままそちらで働いて本邸の方の使用人棟に住んでいるとルサに聞いていた。ただ字の勉強のときだけは他の使用人にやっかまれるからと、こちらに来ているらしい。

「エハ！」

ウーが空気を読んでシュイからどいてくれる。シュイは上半身を起こした。

「何でもないよ。遊んでただけ」

大声を上げていたから襲われているとでも思って心配してくれたのだろうか。そうだったらいいなと思ってシュイは答える。

「お前、シュイ、なのか？」

何故かエハは酷く衝撃を受けていた。

「そうだけど？」

エハが口をパクパクするくらい驚いている理由がわからなくてシュイは首を傾げた。

「エハ、どうしたの？　なんだか顔色も悪いけど」

シュイは立ち上がってエハのもとに行こうとした。

「来るな！」

エハは拒否した。

「こんなの、こんなの、信じない……。なんで、お前ばっかり！」

エハは顔を真っ赤にして怒っていた。

「あ……。エハ、あの」

きっとルサのことだ。シュイがそれ以上を言う前に、エハは踵を返して走り去っていった。

「そっか、俺、エハに嫌われてたっけ。ルサのこと、完全にとっちゃったんだ……」

久しぶりに突き付けられた事実に溜息を零す。

「あ、ルサのことだけじゃなくて、その前に俺がオメガだからか」

はたとシュイは思い出した。

「なんか、自分がオメガで化け物だって言われてること、忘れてた」

シュイが零すと、ウーが寄り添ってくれる。

「ベータとか、アルファとか、オメガとか。どうして区別して、拘《こだわ》っちゃうんだろうな。同じ人間のはずなのに」

たった数ヶ月前の自分ではありえなかった考えだ。けれど、今のシュイはそう自然に思っていた。


「嘘だろ。あれがシュイなんて」

エハは離れを囲む塀の外で、背の高い樹に手を添えて呼吸を整えていた。

心臓がばくばくと激しく脈打つ。落ち着けと命じるのに全然落ち着かない。

「あんなにみすぼらしかったはずなのに、いつの間に、あんな……」

久しぶりにまともに見たシュイは見違えていた。肌は輝かんばかりに白く滑らかになり、痩《こ》けていた頬もふっくらとしていた。おかげで不気味にギョロギョロしていた瞳は、宝石のように大きく輝く印象的なものに変わった。短く整えられた赤髪は艶のある深い色になって、もう赤くも青黒くもない滑《なめ》らかな白皙《はくせき》の顔を鮮やかに縁取っていた。僅かな期間で驚くべき変化を遂げていた。

目の前を、水場を求めて色鮮やかな蝶《ちょう》が飛んでいく。エハは醜い芋虫《いもむし》から美しく羽化する蝶とシュイとを無意識に重ねていた。

「お前、そこで何をしている？　この辺りは出入り禁止のはずだ」

「っ、領主様」

通りかかったのはマザクだった。

「ああ、あのオメガの世話係か」

マザクはすっと目を細めて、存在を忘れていたというようにエハを見やった。

「ちょうどいい。国王直属の政務官とやらがまたわけのわからん要求をしてきて、むしゃくしゃしていたところだったのだ。まったく、国王め。経験の浅い若造のくせに我が領の奴隷を調査したいなどと言ってきたかと思えば、今度は盗賊の被害調査に兵士を寄越したいとか……。お陰で面倒な仕事ばかりだ」

マザクはエハの腕を取ると有無を言わさぬ様子で離れを囲う塀の中に移動し、エハを壁に押し付けた。

「っ、や、やめ！」

ズボンを下ろされてエハは何をされるか悟った。犯されようとしている。こんな場所で、ただの八つ当たりで。

オメガを囲う離れには誰も近付けないから、何があっても助けは来ない。来たとしても相手は領主だ。

「黙れ！」

マザクがエハの髪を掴み、壁に頭を押し付ける。

「ぎゃあっ」

痛い。叫ぶと、マザクは頭をもっと強く壁に押し付けた。

「うるさいのは嫌いなんだ。騒いだら殺すぞ」

「ひっ」

耳元で低く命じられ、エハの身体は恐怖に竦んだ。

「私は気付いていているんだぞ。貴様、奴隷の分際で通りかかるたびに私に色目を使っていただろう？　男好きの淫乱め」

「あ、あれは」

違う。色目を使っていたわけではない。ルサのために何か情報を引き出したかっただけだ。自分は淫乱なんかじゃない。淫乱なんて、まるでオメガみたいじゃないか。オメガはシュイの方だ。

シュイ。エハは泣きそうになる。エハが六歳、シュイが五歳のときに初めて出会った。一つだけしか違わないはずのシュイはもっと幼く見える外見で、小さくて、弱くて、両親を求めて泣いてばかりだった。守ってやれるのは自分だけだと思った。自分を売った親なんてさっさと忘れてしまえと、毎日のように慰めてやった。

それなのに、本当はオメガなんて化け物で、みすぼらしいと思っていたのに、本当は自分なんかよりずっと綺麗だった。あんなに素敵なルサに見初《みそ》められて美しくなって、大切にされている。愛し合っている。

それなのに自分は。

マザクはエハの下着を乱暴に下ろし、自分のものを下衣を寛げて取り出そうとしている。

「エハから離れろ！」

絶望的な状況の中、エハは自分の名前が呼ばれるのを聞いた。

「なんだ？」

「来るな！」

エハは思わず叫んでいた。だが間に合わなかった。

「貴様、あのオメガか？」

マザクは背後を振り返り、呆然《ぼうぜん》としたように呟いた。

　そこには、エハの悲鳴を聞きつけて離れから出てきたらしいシュイが立っていた。別人かと思うほどに変わりはしたが、特徴的な赤髪や瞳の色は変わらない。

「エ、エハに乱暴しないで下さい！」

　シュイは震える声ながら、はっきりとマザクに告げた。

「なんと、これは見違えた」

　シュイに言われるまでもなく、マザクはすっかりエハから興味を失ったらしい。ふらふらと蜜《みつ》に引き寄せられる虫のようにシュイに近付いていく。だが、ぴたりと歩みを止めた。

　離れから飛び出てきたウーがぐるると唸ってシュイの前に立ちはだかったからだ。

「な、なんだ、この犬は！」

　マザクは腰に提《さ》げた剣に手を伸ばした。

「ウー、待て！」

　背後から騒ぎを聞きつけたらしいルサが駆けつけてきた。

「ルサと言ったな？　これは貴様の犬か！」

「申し訳ありません。警戒心の強い犬なので」

　ルサが興奮の治まらないウーの首を抱き寄せ、マザクに頭を下げた。

「彼の足枷に付けていた鎖の錠が壊れてしまったので、この犬に外に出ないように見張らせていたんです」

　ルサはさらりと嘘を吐いた。事実、シュイの足枷には鎖が付いていない。

「それならば、まあいいだろう」

　マザクは咳払《せきばら》いをして剣から手を離した。だが、牙《きば》を剥《む》いたままのウーを見る目が怯えている。

「それより、そのオメガの治療は終わったのか？」

　マザクはシュイに目を向ける。ルサが僅かに表情を歪《ゆが》めた。

「いいえ。まだもう少しかかるかと思います」

シュイには発情期がきているのをエハは知っている。二人が身体を重ねていることも確信している。そうじゃなきゃシュイのあの艶は説明できない。ルサが嘘を吐いていると思ったが、口は挟めなかった。マザクが怖かったし、ルサに嫌われるのも嫌だった。

「そうか。だが、その容姿なら十分だ。そやつを私の妾にする」

「え？」

シュイが声を上げた。ルサがマザクに見えない角度で唇を引き結ぶ。

「ドランを明日にでも呼んで正式に買い上げ、そのまま披露目を行う。子供を孕むまで治療は続けてもらうが、報酬は払ってやる。楽しみに待っていろ」

マザクは楽しそうに算段を付け、去っていった。

「ルサ。披露目とはちょうどいい」

塀の外の茂みから男が飛び出してきた。エハも何度か会ったことがあるソークという男だ。ルサの仕事を手伝う赤国王の政務官だという説明を受けた。

「ドランが屋敷を出るなら、その間にドランの屋敷に捜査に入れる。護衛も大勢連れて出るだろうからな。盗賊に遭ったせいで警備がガチガチになってて手を出し難《にく》くて困っていたんだ。それにドランに気付かれて証拠隠滅されるおそれもない。例の帳簿が見付かれば、マザクとドランの二人に一度で引導を渡せる」

「駄目だ。披露目を開けばシュイがあの男のものになってしまう」

ソークの提案をルサはシュイのためにきっぱりと断った。

「俺は平気だよ。披露目の宴だけなら妾になるのは形までだろう？　それくらいどうだっていいじゃないか」

驚くことに反対したのは当のシュイだった。

「だけど」

「仕事なんだろう？　オメガを助けたいんだろ？」

「でも、シュイは披露目の宴で俺から離れてあの男の傍にいることになる。万一がないとは言い切れない」

「大丈夫だよ。ルサのこと信じてるから」

ルサは酷く渋ったが、シュイに説得されてとうとう短く呻いた。

「わかった。披露目が終わるまでに証拠を絶対に間に合わせる。ソーク、俺もドランの屋敷に行く。俺が行った方が確実だ。シュイを絶対に危ない目には遭わせない」

「そりゃあ助かる。家探しではアルファ様様だからな。証拠の隠し場所を教えろって命じてくれたら一発だ。楽ができる」

「今回だけ特別だ。力は滅多に使うべきじゃない」

「わかってるよ」

二人はそのまま軽く打ち合わせをし、ルサがシュイに向く。

「明日まで一人にさせてしまうけど……」

「心配しなくていい。待ってるから」

シュイはしっかりと頷いて笑んだ。エハの胸がずきりと疼く。すっかりわかり合った様子の二人に疎外感を覚える。

ルサを先に好きになったのは自分だったのに。シュイをずっと守ってやっていたのは自分だったのに。

「エハ君。君も危ない目に遭ったね。また今みたいなことがないとは言い切れない。ウーを残しておくからシュイと一緒にいてくれ」

どうして自分はベータなのだろう。アルファでもなく、オメガでもなく。エハはそんなことを考えてしまっていた。

○　○

高い窓から夕日が差し込んでいる。

シュイは自分の格好を見下ろして辟易《へきえき》とした。

マザクから寄越されたのは、披露目用の花嫁《はなよめ》衣装だった。赤い生地には金糸銀糸で凝った刺繍《ししゅう》がされ、緑の石が連ねられた首飾りや腕飾りも付けられていた。自分の髪と瞳の色に合わせたのだろうとは想像に易《やす》かったが、派手派手しくて見ているだけでうんざりする。

「俺、男なのに」

ルサ達はいつ戻ってくるかもわからないから、着替えておかないわけにはいかなかった。

「動くな」

着替えを手伝ってくれているエハに短く命じられてシュイは黙った。エハもこんな豪勢な女物の着せ方なんか知らない。留める箇所が多くて、複雑に入り組んでいる。四苦八苦して文句を言うエハだったが、持ち前の器用さを発揮して少しずつ形が出来上がっていく。

エハが不機嫌なのはよく感じ取れた。オメガの手伝いなんてしたくないのだろう。ただでさえ、昨日、マザクに襲われかけて、傷付いているはずだ。

「あとはこの布を腰に巻くんだな」

エハはシュイの腰に布を巻き付け、ぎゅっと締めてくる。

「っ」

大した締め付けではなかったのに、急にシュイは気分が悪くなった。次いで、衣装に付けられているらしい香りに吐き気が込み上げてくる。

「うぇっ」

思わずえずいた。幸い、胃の中身を戻すまでには至らなかったが気持ち悪さにしゃがみ込んでしまう。

「どうした？」

エハが訝しげに聞いてくる。

「うん、なんか、ちょっと、気持ち悪くて」

無意識に布の緩んだ腹に手を当てていた。

はっとエハが何かを思い付いた顔になる。

「エハ?」

「お前、結局、発情期にルサさんとやってたんだろう? もしかして、妊娠してるんじゃないのか?」

「え?」

シュイは瞬いた。

「子供?」

今度は意識して自分の下腹に手を当てる。

発情期で抱かれたのは最後の日だったから、妊娠の確率はほとんどないはずだった。でも、絶対にないわけではないとルサも言っていた。

きゅうんと部屋の隅にいたウーが鳴いて、シュイに近付いてきた。その鼻先がシュイの手を当てた辺りをそっと押す。

「ウー?」

そう言えば、ウーが昨日シュイのその辺りの匂いを嗅いで興奮していたことを思い出した。

「俺、子供いるの?」

ウーに問いかけると、ウーはまるでシュイを挟んでルサに対するときのような不満げな顔つきで部屋の隅に戻っていった。シュイは改めて自分の腹を見下ろす。

ウーは、シュイの中の別の存在を感じ取っているのだろうか。

別の存在。ルサと自分の子供。

「っ……」

二人の子供がここにいるかもしれない。そう思ったら、シュイの頬を涙が伝っていた。

「おい、泣くなよ! し、仕方ないだろ。お前、オメガなんだから」

シュイが絶望したのだろうと思ったエハがシュイ

にしかわからないだろう不器用な慰めをくれた。相変わらずのエハらしさにシュイは吹き出して頭を振った。

「違うよ、エハ。俺、嬉しいんだ」

「はあ？　なんでだよ。男なのに子供を妊娠したかもしれないんだぞ？　化け物って証明じゃないか！」

「どうして？」

シュイはちっとも自分の身体がおかしいなんて思わなかった。確かに、不安はある。でも、ルサの家族を増やしてあげられると思うと、とてもいい気分だった。

「どうしてって……」

エハの驚愕した顔を見て、シュイは悟った。もう自分はオメガであることを完全に受け止めているのだと。

「エハ、ごめんね。俺、オメガだったんだ」

シュイはやっと自分の口でエハに伝えた。

「お前、そんなの……。オメガなんて……」

エハの声が泣きそうだ。

「うん。エハ。オメガの俺の側にいてくれて今までずっとありがとう。迷惑ばかりかけてごめんね」

なんだか、花嫁衣装を着ているせいもあって、嫁にいく女性が家族に挨拶をしているような気分だと思った。エハは歯をぐっと食いしばって、俯いてしまった。

シュイは仕方なく、自分で布を巻き付ける。形がかなり汚くなってしまったので一度直したが、もっと酷くなった。

「馬鹿。お前、手先が不器用なんだよ。そういうところは変わんないんだな」

見兼ねたエハが綺麗に巻き付け直してくれた。先ほどのことには触れない。

「あの、エハ」

声をかけようとしたとき、ずっと二人の様子を見ていたウーが突然立ち上がった。

「おお、なんと。お前、本当にシュイか？」

やってきたのはドランだった。相変わらずでっぷりとした身体で、今日はいつもよりも派手な格好をしている。

「しまった。これなら、倍は吹っかけられたのに。マザク様もお人が悪い」

どうやらマザクとの間でシュイの売買は完了したらしい。ドランはシュイの真価を今更知って悔しがる。

「私がお前をマザク様の所まで連れていく役を仰《おお》せつかったんだ。元ご主人様に付き添ってもらうんだ。喜べ」

さあ行くぞとドランはシュイを促す。

「え？　でも、日も暮れていないのに」

ルサはまだ帰ってきていない。それに披露目の宴は夜に行われるのが通例と聞いた。

「マザク様はよっぽどお前を早く抱きたいんだろうよ。さあ、早く立て」

「ド、ドラン様、待って下さい！」

ドランを引き止めたのはエハだった。

「なんだ？」

「あ、あの。これをまだ被せていません」

エハが示したのは、頭を覆うベールだ。花嫁衣装の一つだし、女というにはさすがに無理のあるシュイの顔を出すわけにはいかない。

「早くしろ。っ、外で待っている」

ドランは、シュイの背後で不機嫌な声を上げるウーに気付き、慌てて寝室から出ていった。

「逃げろ。俺が時間を稼ぐから」

「え？」

エハは突然そんなことを言ってきた。

「もしルサさんが間に合わなかったら、お前、領主様に犯されるんだぞ？」

「エハ」

シュイは嬉しくて涙を溢れさせた。

「ありがとう、エハ」

エハはやっぱり優しかった。オメガでも、シュイを見捨てたりしなかった。

「でも、大丈夫だよ。ルサはきっと間に合う」

シュイはエハの手からベールを取る。

「っ、でも、間に合わなかったら！」

「もし間に合わなくても、俺はルサ以外に抱かれる気はないから全力で逃げる」

エハは目を見開いて、唇をわななかせた。

「ウー」

シュイは待機しているウーを呼んだ。ウーはすぐにシュイのところにやってくる。

「ウー。この先はウーを連れていくわけにはいかないから、ここで待ってて」

ウーは嫌だというように、「ウー」と唸った。

「あはは。自分の名前呼んでるみたい」

シュイは暢気《のんき》に笑った。

「なあ、ウー。頼むよ。ここでエハのこと守ってて。エハに何かあったらすごく悲しいから。ウーにしか頼めないんだ」

シュイが身振り手振りを交えて説得すると、ウーは理解してくれたのかわからないが、渋々といった様子でその場に座った。

「ありがとう」

「どうしてそんなに普通にしてられるんだよ」

エハが怒ってくるのにシュイは微笑んだ。

「だってルサが来てくれるから」

断言できた。

「ルサは間に合うよ。もうそこまで戻ってきてる。俺にはわかるんだ」

首筋が気のせいかほんのり温かい。きっとルサが段々近付いてきていることを知らせているに違いない。シュイには確信があった。

「それはお前がオメガだから？」

「どうだろう。でも、俺達は繋がってるんだよ」

シュイは首筋に手をやった。そこには、ルサの噛み痕がくっきりと残っている。番の証《あかし》だ。

「ごめんね、エハ」

「は？」

「俺、エハのことすごく大事だよ。俺が生きてこられたのはエハのおかげだから。でも……」

なんでもできるくせに、シュイにだけ本音を見せてくれて、シュイをどこまでも求めてくるシュイだけのアルファ。

「……お前はオメガでもお前なんだな」

「え？」

聞き取れなかったシュイが聞き返すと、エハはがりがりと頭を掻いた。

「……これ」

エハは深い溜息を吐き、上衣の中に隠していたらしい白いものを取り出してシュイに差し出してきた。

「エハ……」

それはエハに取られた首輪だった。

「返すよ。もうルサさんもお前もどうでもいい。所詮、アルファはオメガのものだ。俺が入る余地なんて最初からなかったんだ」

エハは辟易《へきえき》したとばかりに言いながら、シュイの首に首輪を付けてくれる。壊れたはずの金具がカチリと音を立てて嵌まった。きっとエハが修理してくれたのだろう。

「……俺、多分、ルサさんのこと本当に好きだったわけじゃないよ」

「エハ？」

エハがシュイの背後でぽつりと零す。

「自分を救ってくれる人だって思い込んで、勝手に夢中になってただけだ。本当は男になんて抱かれたくないし」

エハの言葉が本当かどうかシュイにはわからなかった。でもエハがシュイのために話してくれているのはわかった。

「これが終わったら俺は奴隷じゃなくなるんだ。よく考えたら、自由になったら別に男を相手にする必要なんてないもんな。俺はベータの可愛くて金持ちの女でも見付けるよ」

エハはいつだって優しい。

「シュイ」

久しぶりに、エハに名前を呼ばれた。シュイの灰色の瞳があっという間に潤んで、頬を涙が伝った。

「もうお前なんて知らない。ルサさんと勝手に幸せになれよ」

エハの手がちょっと迷ってから、シュイの赤髪をぐしゃりと撫でた。

「うん。ありがとう、エハ」

優しいけど素直じゃない。エハらしい祝福に、シュイは心から感謝した。


日が落ちかけ、宵の近付いた披露目の宴の席には大勢の男達がいた。広い部屋に所狭しと絨毯が並べられており、男達はその上でめいめいに寛いでいる。男達の前にはシュイが見たこともないような豪勢なご馳走《ちそう》と酒が並んでいた。

マザクは部屋の中央で杯を傾けていた。立派な身なりの男達に囲まれて上機嫌に飲んでいる。

「おお、来たな」

マザクの言葉に、部屋中の人間がドランに連れられて現れたシュイを一斉に見てきた。

「おい、愛想笑いをしておけ」

シュイを先導するドランが耳打ちしてくる。

「この方々はマザク様のお知り合いの偉い方々だ。ワシの顧客も大勢いる。媚《こび》を売っておくんだ」

ドランの言葉をシュイは無視した。ドランとマザクの知り合いに売る媚などない。ドランの顧客ということは同じ人間を奴隷として売り買いしていて、マザクの知り合いということはまともな趣味ではないだろう。

腰を屈めて挨拶することもなく、まっすぐ前を向いたままのシュイに、ドランはむっとした様子だったが、叱責するのは憚《はばか》られたのだろう。それ以上は何も言わずに腰を低くし、贅肉を揺らしながら自分で媚を売り始めた。

「これはこれは花嫁殿《どの》。よく来た」

ドランとともに広間の中心まで到着すると、マザクはシュイを上機嫌に迎えた。

「マザク様。このドラン自慢の奴隷でございます。どうぞ可愛がってやって下さいませ」

ドランが即座に跪《ひざまず》いて揉み手をする。

「さあ、こちらに来い」

マザクに横に来るように命じられるが、シュイは動かなかった。いや、動けなかった。

マザクの隣に座れば、披露目が済んだことになり、公《おおやけ》にシュイがマザクの妾ということになる。抱かれるのにはまだ時間がある。だが、形だけでも妾になるのは嫌だと思った。ルサにはそれくらい気にするなと言ったのにとシュイは自分でも呆れた。

「……嫌です」

シュイは心のままに拒否した。

宴の席が不穏にざわめいた。態度もそうだが、女性にしては低い声に出席者の一部が違和感を覚えた様子だ。

「この、喋るな！　それに、なんということを！　お前はマザク様の妾になるのだ。さあ、さっさと行け！」

ドランが怒鳴る。

「嫌です。俺はこの人の妾になんてならない！」

シュイはきっぱりと拒絶した。男の声だと出席者は一層騒ぎ出した。

マザクが立ち上がった。

「黙れ！　お前は私に買われたのだ。披露目はもうこれで終わりだ。さっさと来い！」

激昂《げっこう》したマザクが荒い足取りでやってきて、シュイの腕を摑もうと手を伸ばしてくる。

「やめた方がいいと思うよ」

「どういう意味だ？」

マザクの怪訝《けげん》な様子に、シュイは自分が笑っていることを知った。

「だって、ルサが来たから」

シュイの首筋がじわりと熱を持っている。どういうことだとマザクが顔を歪めた。ほとんど同時に、広間の外から喧騒《けんそう》が近付いてきた。

「なんだ？」

マザクの注意が外に向く。そのときだった。

広間に人影が飛び込んできた。それは間違いなくルサで、ルサは呆気《あっけ》に取られる列席者を吹っ飛ばす勢いで広間の中を突き進んでくる。いや、正しくはルサの気迫に列席者が勝手に道を作っているのだ。

「待たせてごめんね」

シュイが腕を伸ばした直後、身体はもう馴染《なじ》んだ匂いと温もりに包まれていた。

「ルサ……」

甘い匂いを存分に吸い込んで、シュイは自分を抱き締める男を見上げる。

艶やかな黒髪と涼やかな黒瞳。通った鼻梁《びりょう》に、優しい笑みを浮かべる形良い唇。

「ただいまシュイ。随分、素敵な格好で俺を待っててくれてたんだね」

「こんな派手な女物、趣味じゃない」

「違うよ。こっち」

ルサがシュイの顔を覆う布を外して喉を示す。そこには白いレースの首輪が嵌まっている。

「やっぱり俺の見立てに間違いなかった。この赤髪によく似合ってる」

ルサは自分が切った赤髪を耳にかけて褒めてくれる。そして、俺なら服も白にするのにと微笑む。

「捨てたなんて嘘吐いてごめん」

「気にしてない。それに、そのお陰でシュイに触れるきっかけができたし、番にもなれた」

「ルサ」

「どういうことだ！」

二人の甘い雰囲気を破ったのはマザクだった。シュイがルサの腕の中で振り返ると、マザクは肩を怒らせ、仁王立《におうだ》ちになって怒鳴っていた。

列席者達も騒ぎの中央に鋭い目線を送っている。敵のただ中だったとシュイはぎゅっと拳を握り締めた。

「番だと？　それはアルファとオメガの間で成立するはずの仕組みだ。貴様はベータだと言ったではないか！」

マザクも少しはアルファとオメガのことを知っているらしい。

「いいや、俺はアルファだ」

ルサはシュイを腕の中に守るようにしてマザクに宣言した。

「アルファ、だと？」

マザクの瞳が見開かれる。

「そう。黒国のアルファだ。ああ、ちゃんと赤国王からの許しを得て入国している。オメガの保護条約が履行されているかどうかを調査する監察官という特例でね」

「保護条約の監察官、だと？」

マザクの顔が蒼白になった。広間はシュイが男であるとはっきりしたことと、アルファの登場に騒然となっていた。

「そう。今から監察結果を公表する。全員、この場を動くな」

ルサは宣言した。ルサの身体がほんの少しだけ光ったのにシュイは気付いた。マザクやドランだけではなく列席者まで静かになったから、きっとアルファの力を使ったのだろう。普段は使いたがらないが、必要と判断すれば出し惜しみしないらしい。

「先日亡くなった領主殿の前の妾のエノ」

続いた言葉にマザクがびくりと反応した。

「彼は男性のオメガだな？　マザク。お前が彼に暴力を振るい、死に追いやったことを突き止めてある」

「わ、私は、そんなことしておらん！」

「証拠がある。彼の診察をしていた医師が診察記録を提供してくれたよ。彼がオメガであることも、どんな暴力を受けたのかも詳細に記録に残っている」

「馬鹿な！　あの医師は死んだはずだ！」

「旦那様《だんなさま》」

マザクに声をかけたのは、目立たない場所に控えていた初老の使用人だった。この館に来た日、シュイに鎖を付けた無表情な使用人だ。

「医師は生きております。殺せと命じられましたが、私が逃がしました」

「なん、だと？」

使用人の反逆にマザクは目を見開いた。

「私はエノの世話を任され、十五年もの間、彼に一番近いところにいました」

使用人は淡々と語る。

「エノが亡くなって、私はとても後悔しました。彼は確かにオメガでした。私も最初は疎んじていた。ですが、接するうちに彼が紛れもない人間だと知りました。エノはどこにでもいるような少年だった」

無表情だった使用人の顔に、悲しみが宿る。ここにもオメガを人間だと言ってくれる人がいた。以前のシュイのようにオメガに接する機会のない人間はオメガを化け物だと思っているが、実際に接すると、そうではないのだと思ってもらえるのかもしれない。エハがシュイを受け入れてくれたように。

「でも彼は旦那様に道具のように扱われ、毎夜のように振るわれる暴力と子供ができないことを詰られ続けたせいで精神を病んだ。旦那様は性欲処理にも使えなくなったエノを薬の材料に使って死まで追いやり、罪人の墓地に葬った」

シュイは胸を押さえた。エノというオメガの人生は想像もできないくらい過酷なものだった。ただ、オメガであっただけなのに。

「いつかこの罪が暴かれる日が来ることを信じて、医師を逃がしました。そこのルサ様がエノの墓に供えた花から私に辿り着かれたとき、そのときが来たのだと思いました」

墓に花を供えていたのは彼だったのか。意外な事実にシュイはルサを見やった。ルサは頷いて返してくれた。

「き、貴様！」

「おっと」

使用人に殴りかかろうとしたマザクを止めたのは、いつの間にか広間の裏口から入ってきていたソークだった。

「暴力は感心しませんな。マザク殿」

「貴様は政務官ッ？」

「そうだ。ただし、俺の本当の仕事は地方領における奴隷財産の把握ではなく、このルサの補佐役だ。貴殿にはオメガを不法に扱って死に追いやった罪で国王陛下から逮捕命令が出ている」

「そ、そんなもの……」

「残念ながら無視はお勧めしない。これだけの証拠があれば、罪を免れるのは難しいだろうからな」

マザクの表情が絶望に染まった。

「王都までご同行いただこうか。おい、ドラン。何を逃げようとしている。お前もだ」

「ひ、ひぃ！」

ソークが忍び足で消えようとしていたドランに声をかける。

「わ、私は、何も。ただ真っ当に奴隷の売り買いをしていただけで。オメガだってベータと同じように扱っていたに過ぎません。この領の法律に従って商売をしていただけですよ。マザク様がそれをお許しになったのですから！」

ドランは罪をマザクに擦《なす》りつけようとしていた。

しかし。

「それだけじゃないだろう」

ルサがシュイの手を強く握り、ドランを睨《にら》み据えた。

ドランがひっと身を強張らせる。

「一般国民の子供を攫って奴隷に落としていたんじゃないか？」

シュイは目を瞠《みは》った。

「ま、ま、まさかっ！」

ドランは目に見えて狼狽えた。

「先ほどソークと一緒にお前の屋敷を捜索してきた。この領内の役所に届けを出した奴隷の一部についての取引記録が一切ない。親が子供を売ったのなら、支払いの記録とともに支払い相手の家族の名前がなければおかしい」

「そ、それは……」

ドランは一気に挙動不審になる。太った身体は異様なくらいに汗をかいている。

「突然降って湧いた奴隷。不審きわまりない届け出をいくつも受理していた役所も共犯と思われるが？」

ソークに拘束されたマザクが呻く。

ルサの言葉をソークが引き継いだ。

「オメガに限らず、人攫いは重大な犯罪だ。奴隷商人ドラン。お前も王都に来てもらう。それに、この中にもドランの顧客がいるな？　不法に攫った子供だと知りながらドランから奴隷を買っていた者もいるんじゃないのか？」

ソークの言葉を皮切りに、惚《ほう》けるようにして一連の出来事を見守っていた列席者達は一斉に立ち上がり、広間から逃げようとした。ルサの命令の効果が切れたのだろう。が、ルサが一喝した。

「動くな！」

宵の中、ルサの身体が今度は誰の目から見てもはっきりとわかるくらい淡い光に包まれる。列席者達は一瞬で誰も動けなくなった。

その直後、突如現れた兵士達に広間の入り口が封鎖された。マザクが独自に雇っている領兵ではない。衣服に赤国王の紋章《もんしょう》が縫い付けられていた。

「裁きは赤国王が直々《じきじき》になされる。せいぜい、首を洗って待っておくことだ」

ルサの号令で兵士達が列席者全員を拘束した。

「ルサ、さっきの話」

ルサに連れられて広間の外に出たシュイは、もう我慢できないとばかりにルサに詰め寄った。

ルサは立ち止まり、シュイに向かって頷いた。

「そうだよ。シュイ、君もだよ。君の両親は君を売ったんじゃない。君はドランに攫われてきて奴隷にされたんだ」

「っ」

売られたのではない。

「本当、に……？」

ルサはもう一度頷いてシュイの身体を抱き締めてくれた。ルサの甘い香りがシュイの心に寄り添う。

「俺、俺……」

シュイはずっと自分は親に売られたのだと思っていた。鈍くさくて頭も悪いから、いらない人間なのだと思い込んできた。でも、そうじゃなかった。両親に愛されなかったから売られたわけじゃなかった。

「う、ううっ」

シュイは、ルサの胸に顔を埋めて嗚咽《おえつ》した。

「だから言っただろう？　きっと間違いだって」

「っ、うん」

ルサはシュイの両親のことを信じてわざわざ調べてくれたのだろう。シュイはルサの胸から顔を離して礼を言おうとしたが、涙で喉が詰まって何も出てこない。

「はは。ぐちゃぐちゃだ」

ルサが笑って袖で顔を拭ってくれる。

「ん。俺、変な顔？」

やっと出てきた声でシュイは問うた。

「まさか。シュイは泣き顔も可愛い。このまま食べてしまいたいくらいだ」

ルサは笑顔のままシュイの唇を啄《ついば》む。

「んっ」

ルサの口付けは甘い。大好きな果実の砂糖漬けよりももっと。何度も口付けを受けているうちに、シュイはやっと泣きやんだ。ズッと鼻を啜《すす》ってルサに笑顔を向ける。

「ありがとう、調べてくれて」

「これも仕事だからね。特別なことをしたわけじゃないよ」

確かにそうかもしれないが、ルサはシュイのために頑張ってくれたに違いない。シュイは小さく笑った。

「それでも嬉しい。ありがとう」

シュイが見上げて礼を言うと、ルサも照れくさそうに笑って、シュイの額に口付けてくれた。

「シュイ、こっちにおいで」

広間の喧騒の届かない庭の東屋《あずまや》を見付けてルサがシュイを座らせる。シュイは言われた通りに長椅子に座った。もうすっかり日は暮れていて、夜空には星が瞬いていた。あの、荒野を二人で歩きながら最初に口付けたときと同じだ。

ルサがシュイの前に跪き、右の足首に触れてくる。そこには奴隷の証の足枷が嵌められている。

「君を解き放つものだ」

ルサが懐から鍵を取り出して見せてくれた。

「本物?」

「ああ。ソークに用意してもらった」

「今度は無理やりこじ開けないのか?」

足枷と鎖を繋ぐ錠をこじ開けたときのことを言うと、ルサは笑った。

「その必要はない。君は奴隷じゃなかったからね」

シュイの気持ちを考えてわざわざ鍵を用意してくれたのだろう。

「外すよ」

ルサの宣言にシュイはごくりと喉を鳴らし頷いた。シュイが片時も目を離さず見守る中で、ルサが足枷の鍵穴に鍵を差し込む。ゆっくり回されると、かちりと音がした。鍵が抜かれ、ルサの手が足枷を外す。

「どう?」

「変な感じ」

五歳から、成長に合わせて一度だけ交換されたことはあったが、ずっと付けられ続けたものだ。軽くなった気もするけど何も変わらないような気もする。

「んっ」

ルサが露わになった足首に触れてきた。ぞくぞくしたものが駆け上がってくる。

「シュイ」

ルサの瞳が情欲に濡れていた。大きくて温かな手が足首から脛《すね》、太腿に上がってくる。もうすっかり馴染んだ快感を拾いかけて、シュイは慌ててルサの手を止めた。

「待って、ルサ。俺、ルサに言わなきゃいけないことがあったんだ」

シュイはルサの手を取って、隣に促す。ルサは大人しく座ってくれた。そのままシュイはルサの手を自分の平べったい腹に導いた。

どうしたの、とルサが首を傾げた。シュイは口を開いたけれど、ドキドキして何も言えなくて一度深く息を吸い込んだ。

「あの……。俺、子供できたかも」

「え?」

ルサが大きく目を見開いた。

「直感だけど。でも、多分……間違いないと思う」

オメガにはそういう力が具《そな》わっているのかもしれない。きっかけはエハからの指摘だったが、今は確信に変わっている。

「ルサ?」

ルサが真剣な顔付きになって手を添えたシュイの腹をじっと見詰める。ルサの手がぽうっと淡い光を放ったと思ったら、シュイの腹が呼応するように光り返した。一瞬だけだったけど、見間違いじゃない。

「アルファか」

ルサがぽつりと零す。

「え?」

何が起きたのか。驚いたシュイをルサが見詰めてくる。その黒瞳がじわじわと潤み、シュイの身体を優しく抱き締めてきた。

「シュイ、君の言う通りだ。君の身体に俺達の子供が宿っている」

ルサの言葉に、シュイの灰色の瞳から一筋の涙が零れた。

「うん。うん」

抱き締めてくれる腕の温もりが愛おしい。そして、お腹の中にも同じ温もりがある。

「シュイ。君は本当に俺の幸福だ。一生大事にする。誰よりも幸せにしてみせる。愛してる」

涙ぐんだ声にシュイは笑った。抱擁しながら額や頬を擦り付け合っていると、ふと目が合った。互いの瞳に映る幸せに酔い痴れた互いの様子にもっと笑顔になる。シュイを愛おしみ、家族の誕生を喜んでくれるルサが、シュイも愛しくてたまらない。

ルサが身体を少し離し、シュイの赤髪を指で梳いてくれる。

「ルサ。ルサのこと好きだよ」

心に生まれた言葉をそのまま口にする。

ルサの瞳が大きく見開かれたのを見ながら、シュイは深呼吸をしてから続けた。

「俺もルサのこと愛してる」

シュイは初めて、その言葉を口にした。ただそれだけなのに身体中が歓喜に沸いて、愛おしさに満たされる。

空に輝く星が祝福するように瞬く。

ああ、これが運命なのだ。二人は吸い寄せられるように自然に唇を合わせていた。

おわり

「アポロンの略奪」書き下ろし

アポロンの家族

「こら、ティー！　ちゃんと服着ないと風邪《かぜ》ひくぞ！」

「きゃはは！」

シュイは三歳になる我が子を追いかけ回していた。風呂から上がって身体を拭いた後、居間で服を着せようとしたら逃げ出したのだ。アルファの我が子は驚くくらい運動能力が高くてすばしっこい。本気で逃げ回られるとシュイは捕まえるだけで一苦労だ。

「ウー！　ティー捕まえて！」

「ウー、だめよ！」

暖炉《だんろ》前の一等地で寝そべっていたウーがシュイの言葉にぴくりと動きかけたが、大したことではなさそうだと大あくびをして再び床に伏せた。

「ウー！」

シュイは味方を得られず唸った。

「つ、ティー！　待て！」

ティーは再び自分の息子を追いかけた。

シュイは四年前、オメガの出産は黒国の方が向いているとルサに説得されて、黒国でティーを産んだ。そのまま四年、黒国に滞在している。赤国と違って黒国は寒冷な気候で、油断をすると風邪をひいてしまう。家族三人とウーとで暮らす家は暖炉で暖められているが、裸でいるような季節ではない。

「ティー！　待ちなさい！」

ウーの助けは諦めて、シュイは裸ん坊の我が子を再び追いかけ回す。

居間中を何周もして、いい加減疲れ始めた頃。

「ティエ、捕まえた。シュイを怒らせるなんて悪い子だな」

「きゃう！　お父しゃん！」

ちょうど帰ってきたルサが、犬の母親が子犬の首根っこを捕まえるようにひょいと抱き上げてしまう。

「やあ、やあ！　まだ追いかけっこするの！」

「後でお父さんが付き合ってあげるから、とりあえ

服を着なさい。じゃないと、二度と遊んであげないぞ」

「やだー！」

「じゃあ着るな？」

「うー」

「ウーみたいに唸らない。いくらいやいや言っても聞かないからな」

「うー！」

ルサの腕の中でもがく我が子にシュイは苦笑しながら近付く。

「ルサ、ありがとう。お帰り」

「ただいま。遅くなってごめんね」

ルサはシュイを見てとろけるような表情になって頬に口付けてくる。

「ん、お帰り。ほら、ティー、ティエ。お父さんにお帰りは？　お帰りしてあげないとお父さんに嫌われちゃうぞ？　もう遊んでもらえないぞ？」

「んー。……おかえりなしゃい」

ティーは不承不承《ふしょうぶしょう》いつも通りルサの頬にちゅっと口付ける。シュイにそっくりな癖っ毛の赤髪と顔立ちの我が子の可愛らしい様子に、ルサはこれでもかというくらいに目尻を下げた。


三人で食卓に並ぶ。

シュイとルサの間にティーを座らせ、両隣から世話をするのがいつの間にか決まっていた家族の食事風景だ。絶対服を着ないと暴れていたティーだったが、シュイが食事の準備をしている間に、ルサがひっくり返して遊んだり宥めたりしてくれてなんとか着てくれた。

「シュイ、今日は何か変わったことは？」

「いつも通りだよ。昼にセキタさんが来てくれて、ずっと勉強を教えてくれた」

シュイは薬に興味を持ち、将来的にルサの手伝いをするという目標を掲げて目下勉強中だ。自分の人生を翻弄してくれた薬だが、知ってみると同じ成分でも毒にも薬にもなったり、砂糖漬けに使われる果実が薬として使われたりと、とても興味深い。

ルサの実家で家事や家業の診療所の手伝いをしていたというセキタは、今は仕事を引退しており、シユイに、薬や医師を補助する仕事を教えてくれている。ティーもセキタに懐いていて、セキタもティーのことをひ孫のようだと目に入れても痛くないとばかりに可愛がってくれる。

「そっちは仕事はどうだった?」

ルサは、今も監察官として年に何度か赤国に赴く。黒国に戻っている間は父親の診療所と国の医療研究機関とを行き来して、医師としての経験と知識を積んでいる。監察官も、医師としての実務も、研究も、普通なら一つだけでも困難だが、着実にこなしているらしい。セキタ曰く、こんな超人的なことができるのはアルファだからで、黒国ではアルファに課せられた義務なのだとか。

黒国ではアルファは奉仕者という立場にあり、能力を国のために使う代わりに自らの番《つがい》のために生きる権利を得るという仕組みが確立されている。逆にオメガや女性は他の性別と平等に扱われる上、発情期や出産といった独自の事柄を保障する制度が整備されている。

力のある者が弱い者を支えるというあり方をシュイは最初理解できなかった。しかし、今ではよくできた仕組みだと思う。

強いアルファは国の一つや二つ簡単に手に入れられるが、彼らが最も望むものは運命の相手であり、その相手との幸せな人生だ。むしろ他のものはいらないと言っても過言ではない。ルサや、彼の父親なんかを見ていると、それは十二分に理解できた。とにかく彼らは運命の相手が大切でたまらないのだ。

そのアルファの特性が黒国ではよく生かされている。支配者は国を第一に考えなければならないが、一介の奉仕者にその義務はない。そして、優秀なアルファらは自分の家族を第一に考えながら、家族のために奉仕者として国をよくしていく。黒国はその仕組みのおかげで他国とは比較にならない平和と繁栄を得ている。

「順調だよ。実はソークから手紙が来たんだ」

「前回帰ってきてから半月しか経ってないじゃないか」

赤国はこの四年でかなり安定してきてオメガの保護も進んでおり、監察官の仕事もルサの手を離れ始めている。最近では赤国に赴く頻度も低く滞在期間も短くなり始めていたのだ。

「仕事の話もあるけど」

ルサはティーに飲ませようとスープを掬っていた匙を置いて、じっとシュイを見詰めてくる。何度か経験したことのある雰囲気に、シュイはルサの言いたいことを察して苦笑した。

「いいよ。言って。間違いでも大丈夫だから」

ルサは頭を振った。黒瞳が優しく細められる。

「今度こそ、確実らしい」

シュイの喉がごくりと鳴る。

「君の両親が見付かった」

この四年、ルサはシュイの両親を探し続けてくれていた。でも、足取りを摑めてもいつも空振りで、その度にシュイはこっそり落胆していた。

「そう、なんだ」

確実と言われても、期待を持つべきではない。そう思っているのに、今度こそと思ってしまう。

「それでね、シュイ。相談があるんだ」

「相談?」

「一緒に赤国に行かないか?」

思わぬ提案に、シュイは何度も瞬きをした。

「え? で、でも、ティーが」

本当はルサと一緒に赤国に行って監察官の仕事の手伝いをしたかった。自分と同じような立場のオメガを助けたかったし、両親も自分で探したかった。だが、ティーが小さいし、今の自分では足手まといになるだけだからと我慢して留守番に甘んじていたのだ。

「ティエも一緒に行こう。大丈夫、俺がいるから」

ルサは力強く頷いた。四年が経ってルサの綺麗な容貌にはさらに精悍《せいかん》さが増してきた。しっかりと見据えられて告げられるとそれだけで頼もしい。

「馬車を仕立てれば移動も楽だし、荷物も持ち歩ける。それにティエはアルファだ。アルファは身体が丈夫にできてるから、長旅も十分耐えられるだろう。何かあったとしても、俺も一人前の医師になったしね。少し長い家族旅行だと思って」

ルサは一緒に行きたいというシュイの願望を見抜いていたのだろう。そのためにシュイが拒む理由を全部先に封じてくれた。

自分の名前を聞きつけたティエが口の周りをべたべたに汚したまま顔を上げて聞いてくる。シュイは口の周りを拭いてやって問いかけた。

「りょこうー! ティー、いきたい!」

「ティーは旅行を知ってるのか?」

「うん。あのね、ジジちゃんにきいたの」

ジジとはルサの実家に一時住んでいたオメガで、アルファとオメガの歴史を研究する学者だ。今でもルサの実家によく顔を出すので、シュイとも面識がある。

「りょこうは、とってもたのしいんだよ。おいしいものをいっぱいたべられて、いっぱいあそべるんだって。どこにいくの?」

ジジは研究のためにあちこち行っているらしいので、その話を聞いたのだろう。

「俺の生まれた国。ティー、行きたい？」

「いきたい！」

「そうか」

四年も離れている赤国を思ったらシュイは郷愁を覚えた。シュイは深呼吸をして返事を待ってくれているルサに向き直った。

「俺、行ってみたい」

シュイの返事にルサは嬉しそうに微笑んだ。口に出せてシュイもほっとする。

「ああ、行こう」

ルサが、りょこう、りょこうと、不思議な旋律で歌い出したティーの頭を越えてシュイの赤髪をくしゃりと撫でてくれる。その仕草に、シュイは瞬く。

「エハにも、会えるかな？」

同じように……もっと乱暴だったけど、シュイを慰めてくれた親友。

ルサは目を細めて頷いた。

「会えるだろう。エハ君はずっとソークと一緒だし」

四年前にドランの悪事が発覚した際、エハもシュイと同じように攫われてきた子供だとわかった。だが、エハの家族は既に亡くなっていた。奴隷の身分からは解放されたが、行き場のなくなったエハをソークが住み込みの使用人として引き取った。そこまではシュイが赤国を離れるまでの出来事だ。以来、エハがずっとソークと一緒に生活しているというのは、ルサに聞いて知っている。

「そっか……」

エハには定期的に手紙を送っている。ルサは赤国に行く度にソークに会うので必然的にエハにも会う。そのルサからエハは元気でやっているという話は聞いている。でも、手紙の返事はもらったことはないし、自分のことを気にしているという話も聞かない。

「大丈夫だよ。エハ君はシュイのこと、今でも特別に思ってる」

ルサがもう一度ティー越しにシュイの髪を撫でてくれた。

○　○

「暑いなあ」

黒国を出発したのは春の初めだった。まだ夜には暖炉の必要な気候だったが、赤国は既に黒国の真夏のように暑かった。四年ぶりの故郷の太陽はシュイの肌をじりじりと焼く。ルサに脱ぐなと命じられている長袖の下ではしっとりと汗をかいている。

とは言え、移動は馬車の荷台の屋根の下だ。しかも荷台とはいっても、簡易寝台にもなる厚い敷物を敷いてあって、振動で尻が痛くなることもない。移動の最中はシュイと同じように長袖を着せられたティーとウーと二人と一匹で遊んだり、昼寝をしたりする。夜は宿に泊まることもあるし、野宿の日もある。心配していたティーは毎日楽しんでいるようで、綺麗な石やら珍しい葉っぱの収集に熱心だ。

「着いたぞ」

ルサに言われてシュイはティーを抱っこして馬車を降りた。赤国の、シュイが暮らしていたのとはかなり離れた地方の宿場街だった。

「よう、来たな。どうぞ」

迎えてくれたのは四年前とほとんど変わらないソークだった。ソークは仕事の都合上、赤国のあちこちを転々としていて、その度に家を借りているらしい。迎え入れられたのは小ぢんまりとした日干し煉《れん》瓦《が》の平屋の民家だ。

「ふーん、シュイは背が伸びたな。で、そっちが噂の愛息子《まなむすこ》か」

シュイは頭を下げて挨拶をした。ティーは相変わらず厳ついソークの顔に怯えてシュイの後ろに引っ込んでしまった。その横にウーが付き添ってくれる。

「ティー！　ソークさん、ごめんなさい」

「気にするな。子供に好かれないのはいつものことだ」

「うちの子に変なことするなよ？」

肩を竦めるソークに、ルサが言いがかりをつける。

「ルサ」

シュイが窘《たしな》めると、ルサは不服そうな顔で「ごめん」と謝った。

「くくっ。無敵なアルファ様も番には本当に弱いな。さ、どうぞ」

ソークに先導されてまずルサが家に入っていく。シュイはその後を背後に隠れたままのティーを連れて付いていった。

居間に入った途端、シュイは固まった。

「ほら、来たぞ。挨拶しろ」

ソークが顎をしゃくって促した先にいたのはエハだった。

「エハ……」

喉をからからにして呼びかけると、エハはつんとそっぽを向いた。

「っ」

四年経ったが、エハはほとんど変わらない。身長も伸びていないみたいだし、相変わらずきらきらとした琥珀の瞳が印象的な綺麗な顔立ちだ。シュイの記憶にあるエハとは、ほんの少し顔の丸みが削《そ》げて大人びたかなという程度の差だけしかない。

「あの……。エハ、久しぶり」

シュイはどんどん緊張する心を宥《なだ》めて、四年ぶりに会う親友に挨拶をした。

「……」

エハはそっぽを向いたまま、なんとも言えない表情で、無言だ。

シュイは悲しくなった。自分の方は結構変わってしまった。四年前よりも身長が伸びて、平均まではいかなかったけれど、エハとはそう変わらない。目線が同じなのは奇妙な感じで、悲しみをさらに煽る。エハの方からしてみれば他人のように思えているのかもしれない。

「こら。昨日までずっとソワソワしてたくせに。ちゃんと挨拶しろ」

「いってえ。ソーク、何するんだよ」

エハはソークに小突かれて涙目になった。シュイは久しぶりに聞いた変わらないエハの声に胸をぎゅっと摑まれる。

「お母しゃん？」

不意に、シュイの後ろにずっと隠れていたティーがひょっこり顔を出した。ソークは怖がったが、エハはそうではないらしい。シュイが一生懸命話しかけようとしているエハが気になって仕方ない様子だ。

「ティー。エハだよ。教えたことあるよね？　お母さんの親友」

ティーの明るい瞳が輝いた。

「ティー、しってる！　エハしゃん！　はじめまして」

エハの琥珀の瞳がシュイの脚の横から顔を覗かせて挨拶した子供に釘付《くぎづ》けになった。

「うわあ。これお前の子供だろ。小さい頃のシュイそっくりだもんな。髪がくりんくりんだ。でも目はルサさん似かな」

ずっと素っ気なかったエハの瞳が急に大きく輝き、急に笑顔になる。シュイはびっくりした。

「……俺、こんなんだった？」

「ああ。お前、そう言えば小さい頃は可愛かったよな。最初、女の子だと思ったもん」

五歳の頃の自分の顔なんて覚えていない。鏡がなかったから、ちゃんと見る機会もなかった。

エハがあっと声を上げて、シュイから顔を逸らす。

「その、まあ。お帰り?」

「っ! ただいま、エハ」

エハの挨拶はシュイの心に温かいものを灯《とも》した。

家族はできたが、やっぱりずっと一緒だったエハは
それとは別で特別だ。

「お前、何歳?」

エハは耳まで赤くしてシュイを無視した。誤魔化
すように屈んでティーと目線を合わせて質問する。

「しゃんしゃいでしゅ」

「でしゅって」

小さな指を三つ立てて答える子供に、エハがぶは
っと吹き出す。

「まだ、すとかさの発音が苦手なんだよ」

「ふうん。じゃあ、その、名前は?」

「ん、とね」

ティーは自分のくりんくりんの髪をぎゅっと摘《つま》ん
で一生懸命考える。

「ティーはね、ティエハでしゅ」

今度はエハは笑わなかった。

「本当に、そんな名前にしたのか?」

「ごめんね。勝手に」

ティーには、エハの名前をもらった。シュイの提
案に、ルサがそうしたらいいと同意してくれた。エ
ハへの手紙にはそのことも書いた。読んでくれてい
たのだと思うと、シュイの胸は熱くなった。

「ずっと一緒にいてくれたのはエハだったから。ど
うしても付けたくて」

「ティエハって発音しにくくないか?」

謝罪には応じず、エハが唇を尖らせる。

「あ、いつもはティエとか、ティーとか呼んでる」

「ふうん」

エハは両腕を伸ばした。抱きたいということかと
思って、シュイはティエハの背中をそっと押す。

「まあ、いいんじゃない。ティエハって名前、お前に似合っているよ」

名前を褒められたティーは嬉しそうな顔になって、えいとばかりにエハの腕の中に飛び込んだ。

「ティー！　軽いなあ、お前！」

エハはティーを抱き上げた。ティーも人見知りせず、エハにぎゅっとしがみ付いている。

「ほーら。高いたかーい！」

「きゃあ！　きゃははははは！」

受け入れてもらえるかという不安は杞憂《きゆう》だったらしい。エハはティーを受け取って、高い高いをして遊びだした。

「あいつ、子供好きだったんだな」

ソークが独りごちる。

「四年も一緒なのに知らなかった」

なんだか酷く悔しそうに聞こえてソークを見ると、ソークははっとした顔になって咳払いをした。

「あいつらは置いておいて話をしよう」

ソークが促してくれたので、シュイとルサは四人掛けの卓の椅子に並んで座る。ソークがその向かいに座った。エハは気を使ってくれたのか、ティーとウーを連れて隣の部屋に移動した。時折、ティーの楽しそうな笑い声が聞こえてくる。

「ソーク。例の話、本当か？」

ルサがすぐにソークに問いかける。ソークは頷いた。

「ああ。間違いない。ここから少し山を登った村にシュイの両親が暮らしている」

「っ……」

シュイは胸を押さえた。

シュイの心中は複雑だ。

赤国へ旅立ってから、いいや、両親が今度こそ見付かったと聞いてからずっと期待と不安で揺れ動いている。それが今まさに頂点に達していた。

馬車に揺られて移動していると、会いたい気持ちはとても大きいが、もし、自分のことを忘れられていたり、疎んじられたりしたらどうしようという不安に何度も苛《さいな》まれた。

シュイの気持ちを察したルサがシュイの手をぎゅっと握ってくれた。

「ルサ。大丈夫だよ。俺にはルサとティーがいてくるから」

「うん」

ルサが鷹揚《おうよう》に頷く。ルサとティーがいてくれるだけでシュイの心は強くなれる。

「お母しゃん！　ティー、今日はエハしゃんとおとまりする！」

いつの間にかすっかり打ち解けたらしいティーがそんなことを言って居間に飛び込んできた。

「おとまりって」

ティーは、ルサの家族や、セキタにも可愛がられているので、大人に慣れている。一度、ルサの実家に泊まってからはお泊まりが大好きだ。だが、この旅では当然ルサとシュイとずっと一緒で、他人のところにお泊まりなんてできるわけがない。

「ティー。それは迷惑だから」

だが、さすがに初対面のエハにお願いするわけにはいかないとシュイは我が子を窘めた。

「エハしゃん、いいっていってくれたよ！」

「そうだよ。俺がこいつと一緒に寝たいの。な、ティー！」

ティーを追いかけてきたエハも一緒に主張してきたので、シュイはルサと目配せをした。シュイは仕方ないと肩を竦める。

「ティー。エハに絶対に迷惑をかけるなよ？」

「はあい！」

夕食を終えてルサと二人で客間に入る。ティーにはウーも付いていったので、本当に二人きりだ。

「エハがティーのこと気に入ってくれてよかった」

「ティエは可愛いから。誰にでも気に入られる」

ルサはあっさりと言ってくれたが、シュイは本当に安堵していた。名前のこともそうだが、ティーを受け入れてもらえたことで、自分も受け入れてもらえたようで嬉しかった。

寝支度《ねじたく》を終えると、寝台の上でルサに抱き寄せられた。

「ん、ルサ」

口付けはやや性急だった。

「ここ、ソークさんの家……」

「ずっとティエがいたから、シュイにこうして触れられていなかった。正直、限界だ」

正直な言葉にシュイは反論できなかった。何より、シュイ自身も同じことを考えていたから。二人ともまだ二十代前半だ。旅行中はただでさえいつも以上にずっと一緒にいるというのに、深く触れ合えない状況が続いていた。やっと二人きりになれて我慢できるはずがない。それに、今のシュイはとても人肌が恋しかった。

自覚すると、もう止められなかった。

「ん、あ、そこ……」

シュイの身体でルサの知らないところなどない。限界だというルサの言葉は真実だった。始まりこそゆっくりだったが、愛撫《あいぶ》は次第に性急なものになり、シュイを焦《じ》らすことなく昂らせた。

「あっ、あ……」

すっかり慣らされた身体は、発情期でなくてもルサを受け入れるために濡れる。久しぶりだが、ルサの指はさほどの抵抗もなくシュイの中に入りこんできた。

「ん──っ」

俯せの格好で背後から気持ちいい場所を抉られてシュイは枕で口を塞ぐ。ティーはもちろん、エハ達にも聞かせるわけにはいかない。

「あっ、あ……」

指はすぐに二本三本と増やされて、準備が整う。

「ん、ルサ。もういいから来て」

ルサの指が抜けていったので、シュイは仰向《あおむ》けになって両手を広げて求めた。ルサはすぐに叶えてくれた。

「入れるよ」

ルサはぞくりとするぐらい艶やかな笑みを浮かべると、シュイの両脚を抱え上げ、硬く張り詰めた雄を挿入してきた。ルサのものは熱くて大きくて、シュイの中をいっぱいに満たしてくれる。

「ルサ、ん、ルサ……」

シュイはルサの首筋に腕を回してしがみ付いた。

ルサがゆったりと腰を打ち付けてくる。擦られるとそこから熱が上がってきて、中がますます潤う。とっくに勃ち上がっていたシュイの雄もルサの逞しい腹筋に擦られてすぐにでもいってしまいそうだ。

「あっ、あっ、あ……」

「シュイ。俺がいるから大丈夫だよ」

快楽を必死で追っていると、不意に額に汗で張り付いた赤髪を除《よ》けられて、顔中に口付けられる。シュイが瞬いて見上げると、ルサが黒瞳を優しく細めてシュイを見ていた。綺麗に筋肉の付いた両腕がシュイを守るように囲っている。

「うん」

シュイは頷いて返した。いつの間にかルサの肩を強く摑んでいた手の力を緩める。

「ありがとう」

ルサが性急に求めてきたのは、シュイを欲しかったのも本当なのだろうが、シュイに蟠《わだかま》る不安を溶かすためでもあったのだ。心遣いに気付いたシュイの胸がじんわりと熱くなり、無意識に微笑んでいた。

「もっと来て」

「……そんな顔でそんな風に言われると、普通に止まれなくなりそうだ」

ルサが眉根を寄せ、熱い吐息を零す。シュイは苦笑した。

「だーめ。一回だけだからな？」

「……わかってる」

「その顔。絶対、後からもう一回って言い出すだろ？」

ルサのことならなんでもお見通しだ。案の定、ルサは不満げな顔になった。

「駄目か？」

ルサが腰を揺すってきた。じんと痺れる快感にシュイは熱い吐息を零した。欲しくならないわけがない。答えを確信しているルサをシュイは恨みがましい目で見上げる。

「……明日に差し支えない程度にしてくれよ？」

「いいのか？」

ルサの表情が華やぐ。どの口が言うのだとシュイは苦笑した。

「だって、きっと俺も欲しくなるから」

「シュイ。愛してる」

「俺もだよ」

目線を交わし合って笑いながら口付けた。ルサの雄がぐっと入り込んでくる。一番奥を突かれると、中が歓喜して蜜を溢れさせたのが自分でもわかった。ぐちゅりと淫《みだ》らな音が部屋に響く。

「ん、んぅ」

声を出さないようにルサのなめらかな肩に唇を押し当てて快楽を受け止める。いつもよりぴったりと密着する格好になった。

「あ、あっ……」

ルサが奥を重点的に突いてくる。発情期でもないのにすごく感じて、気持ちよくてたまらない。ルサの甘い匂いもいつもより濃い気がした。

「ルサ、気持ちいい……っ」

小さな声で正直に告げると、中のルサがもっと大きくなった。

「んっ……！」

律動も深く速くなる。シュイはルサの身体に縋り付く手に力を込める。

赤国の夜は寒い。それでも、黒国の冬よりは温かい。汗ばんでしっとりとした肌をぴったりと合わせながら一段一段高みに上るように交わる。

「ん、っ、も……っ」

限界を訴えると、唇を奪われた。互いの吐息を飲み込むように深く唇を合わせ、二人して極めた。

○ ○

「あそこだ」

シュイ達三人を乗せてきた馬車が、馬で道案内してくれていたソークの言葉とともに停まる。馬車の定員もあってエハはソークの家で留守番をしてくれている。朝、エハはティーとまたお泊まりする約束をして、シュイを送り出してくれた。

『行ってこいよ。きっとお前を待ってくれてるって』

見送ってくれたときのエハの言葉に最後の後押しをされた気分でシュイはティーを抱いて馬車から降りた。御者台《ぎょしゃだい》からルサが降りてきて隣に立ってくれる。

小さな村の、外れにある、小さな家だった。まだ少し距離がある。

「もともとはオメガの隠れ村で暮らしていたみたいだが、たまたま近くの街に出たときにオメガだと知られてしまって攫われた子供を探し回って転々としていたらしい。だから居場所を突き止めるのに時間がかかった。数年前に奥さんの方が脚を悪くしてからは、この村に滞在しているようだ」

馬から降りたソークが、昨日の夕食の場で教えてくれたことをもう一度教えてくれた。

シュイはティーをぎゅっと抱き締めた。何が起きるのかよくわかっていないティーは純真な瞳でどうしたのとシュイを見上げてくる。

なんでもないと返そうとしたときだった。

「あ……」

家から壮年の男性が出てくる。身長は高くもなく低くもなく、特別に美形というわけでもない。でも、とても優しそうな人だ。家の扉を閉めようとしたところで、中から「あなた」と女性の声がする。男性がそのまましばらく待っていると、杖《つえ》を突いた女性が顔を出した。

シュイよりは落ち着いた色の赤い髪に白いものが混じった、小柄な女性だ。年齢は四十歳半ばくらい。

「忘れものですよ」

男性は女性が差し出した包みを受け取った。

「果実の砂糖漬け。あの子は甘いものが大好きですから」

え、とシュイは口を開く。

「今度こそ、私達の『幸福』を見付けてきて下さいね」

シュイの涙腺《るいせん》はそこで決壊した。

「おかあしゃ？」

溢れた涙をつむじに受けたティーがシュイを見上げる。

「あら、どなた？」

女性がシュイ達に気付く。自分と同じ赤い髪のシュイとティーに。その瞳がみるみる見開かれた。

男性がどうしたと聞くが、女性はそれには答えず、シュイ達の方に向かってこようとした。杖が手から離れ、転びそうになる。

シュイはティーをしっかり抱き締めて駆け出していた。女性の細くて小さな手を取り、身体を支える。

近くで見てみると、自分よりも小柄で、目尻にはいくつもの皺が刻まれていた。

「シュイ？　あなた、シュイなのね？」

女性の言葉に男性が驚いた顔になる。

「シュイ、なのか？　私達の息子の？」

シュイはしゃくり上げそうになるのをこらえて頷いた。

二人の顔を見た瞬間、思い出した。

決して裕福ではなかった。でも、母親が毎日作ってくれた愛情たっぷりの食事と、帰ってくるといつも疲れているのに思い切り遊んでくれた父親。朝は母親と二人で仕事にいく父親をいってらしゃいと見送った。病気になったときは、二人して朝まで傍にいてくれて、辛いというと手を握って抱き締めてくれた。大嫌いな薬草のスープを飲み干さないと甘いものはあげないと叱られた。それら全てが鮮明に蘇る。

シュイは、ちゃんと愛情を受けて、育てられていた。

どうしてこんな幸せな記憶を忘れられたんだろう。いや、幸せだから忘れたのだ。辛い現実との乖離《かいり》に悲鳴を上げる心を、身体が守ろうとした。

「そうだよ。父さんと母さんの子供の、シュイだよ」

シュイは嗚咽をこらえて返事をした。二人の顔もくしゃりと歪む。

「長い間、留守にしてごめん。忘れないでいてくれてありがとう」

「シュイ」

「ああ、シュイ」

二人がシュイを抱き締めてくる。温かかった。自分は確かにこの温もりを知っていると思った。

「お母しゃん。くるしぃよ」

間に挟まれたティーが声を上げる。

子供の声にはっとして三人は離れた。

「この子は？」

「俺の子供。俺が産んだんだよ」

シュイは眦を拭って我が子を紹介する。

「そう、あなたの、子供なの。いつの間にか子供を産めるくらい大人になっていたのね。あんなに小さかったのに」

母親はティーを目を細めて見て、またぼろりと涙を零した。

「名前は？」

父親が母親の肩を抱き、自分も泣きながらティーを見てくる。

「はい！　ティー、じゃなかった、ティエハは、しゃんしゃいで、おとこのこで、アルファでしゅ」

父親も母親もティーの元気のよい返事に驚いた顔になる。

「アルファ？」

シュイは頷いた。

「この子の父親はね、あそこにいるルサっていう黒国のアルファなんだ」

「黒国」

「アルファ……」

複雑そうな二人にシュイは頷いた。オメガへの偏見はないだろうが、赤国では長らくアルファは悪魔と言われていた。

「アルファなんて、あなた……」

母親の言葉にシュイは苦笑して、ルサを目線で呼び寄せた。すぐにルサがシュイの隣にやってきて、背中に手を回してくれる。

「初めまして。ルサと言います。シュイとは番になって、今は黒国で一緒に暮らしています」

ルサが真面目《まじめ》な顔で挨拶をする。その真摯《しんし》な様子に父親と母親は少しだけ警戒を解いたようだ。

「赤国ではアルファは恐れられているようですが、本当のアルファはオメガがいなければまともに生きてすらいけないような情けない存在なんです」

ルサの言葉にシュイは吹き出した。

「本当だよな。仕事で出ていく度に、俺とティーから離れたくないって未だにごねるもんな」

「今それを言わないでくれ」

ルサが情けない顔を作ってシュイの大袈裟《おおげさ》な話に合わせてくれた。そんな二人を両親が驚いたように見ている。ルサがこほんと咳払いをして真面目な顔を作る。

「アルファにはオメガが必要なんです。オメガを幸せにすることが俺達の存在意義なんです。俺はシュイを絶対に不幸にしません」

両親は顔を見合わせて、どうしたものかと考えている。

「ねえ、ねえ。このおんなのひと、オメガなの？」

ティーが母親を小さな手で示して聞いてきた。

「そう。この人はね、ティーのもう一人のおばあちゃんだよ」

するとティーはシュイ譲りの灰色の瞳をきらきら輝かせた。

「おばあちゃん！　ティーはアルファだから、おばあちゃんのこともまもってあげるね」

母親はまた驚いた顔になった。

「あなたが、私を？」

「うん！」

ティーはご機嫌だ。ティーがもぞもぞ腕の中で動いたので、シュイは母親にティーを差し出した。母親はおっかなびっくりといった様子でアルファの孫を抱き上げる。

「えへへ」

ティーはにこにこの顔で祖母に抱き付いた。

「ティエハちゃん、とっても温かいわね。シュイと同じだわ」

　母親がぽつりと零した。

　シュイはすうと息を吸い込んで、両親をしっかりと見据えた。

「当たり前だよ。アルファもオメガもベータも、同じ人間だから」

　両親がはっとした顔になる。

「黒国ではね、オメガもアルファもベータも関係ないんだよ。俺もこの子を育てながら、ルサと一緒に働くために勉強もしているんだ。オメガもなんでも好きなことができるんだよ」

「この国でも近い将来、そうなります。俺はそのために働いています」

　ルサが請け負ってくれる。

　背中にルサの温もりを感じながら、シュイは両親に告げる。

「俺、今とても幸せなんだ」

　辛いことも沢山あった。でも、今は家族がいてくれるから。

「父さん、母さん。俺を産んでくれてありがとう」

　シュイは心からの感謝を口にした。

　自分が生まれて、ティエハが生まれた。そうしてこの世はきっと続いていくのだ。いつまでも、いつまでも。

とわにつづく

「アポロンの家族」書き下ろし

あとがき

本作をお手にとっていただいてありがとうございます。

本作は「リュカオンの末裔」「アルテミスの揺籠」のスピンオフで、「リュカオン～」の主人公シアとイズマの息子のルサが攻めのお話です。まさか三作目まで出せるとは思っておらず、プロット段階から苦労しました。途中で挫《くじ》けかけていたのですが、担当さまに「妥協はしたくない」と言われ、「私もです」と前のめりに答え、そこから勢い付けてなんとか最後まで辿り着きました。担当さまには感謝しかありません。

シアはよく泣くぽやんとした子で、「アルテミス～」のサウロは絶対泣かない人でした。今作のシュイは、境遇はとても不憫《ふびん》ですが、泣いたり笑ったり怒ったりする普通の子だなあと思います。そしてルサは潜在能力は非常に高い溺愛攻めですが、経験不足のため完成していないスパダリです。未完成スパダリとでも言うのかな。未完成部分を可愛く思っていただけたら嬉しいです。

イラストは引き続きコウキ。先生にお願いできました。お忙しいなか、お引き受けいただいて本当にありがとうございます。このシリーズはコウキ。先生あってのものだと思います。

最後に、本シリーズを応援して下さった皆様、ありがとうございます。応援して下さった方がいらしてくれたので、この本を出すことができました。それでは、またいつか。

２０１９年2月　水樹ミア

黒国にて

「うわ、ちっちゃい」

シュイの腕の中には、生まれたばかりの赤ん坊がいる。

ふにゃふにゃと眠っている赤ん坊は、ルサの一番新しい兄弟だ。

「オメガだから余計にね。オメガは生まれたときから小さ目なんだよ」

寝台の上で微笑《ほほえ》むのはルサの母親のシアだ。と言っても、見た目はまだ二十代と言われてもおかしくないくらいに若くてふんわりした雰囲気で、ルサのような大きな息子がいるなんてとても信じられない。初めて会ったときはとても驚いた。しかも、今シュイに抱かれている子を含めると、五人の兄弟の母親でもある。

オメガが表立っては存在していない赤国に暮らしていたシュイにとって、男性のオメガなんて未知の存在だったが、シアは実際にこうして子供を産んでいるし、自分のお腹にも赤ちゃんがいる。

小さな人形のような手がにぎにぎとしているのに、そっと指で触れると、ぎゅうっと握られた。小さいのに力強くて、なんだか感動してしまう。こんなに小さくても、この子は確かにこの世界に生まれてきて、生きているのだ。

ルサに連れられて赤国から黒国に来て数ヶ月。

シュイはこの国での暮らしに少しずつ慣れ始めていた。気候や文化は全く違うが、赤国で奴隷だったときを思えば天国のような暮らしだ。ルサの両親と兄弟達もシュイのことを歓迎してくれて、本当の家族のように扱ってくれる。

「シュイ君は順調って聞いてるけど、何か困ったことはない？　ルサはちゃんとやれている？」

シュイはルサの実家からすぐ近くの家を借りてルサと二人で暮らしている。ルサが家にいるときはルサが、ルサが黒国内での仕事に行っている間は、シアや手伝いのセキタが来てくれてシュイの生活を手助けしてくれている。住まいも、食事も、衣服も、十分に足りている。そんな中、臨月に入ったシアが出産し、子供の顔を見においでと言われてルサと共にやってきたのだ。産後すぐということで寝室に招かれて恐縮したが、生まれたての赤ちゃんを見てみたいという気持ちが勝《まさ》ってお邪魔してしまった。

「俺のお腹にも、本当にこんな赤ん坊がいるの?」

隣のルサにおっかなびっくり赤ん坊を渡して、シュイは自分の腹にそっと手をやる。

「まだここまで大きくはないけどね」

ルサが優しい顔で頷いて返してくれる。

自分の中に、自分ではない人間がいる。わかってはいるが、生まれたての赤ん坊を見ると、とても不思議な気分になってきた。でも、嫌とかそういう感じではなく、心がぽかぽかとしてくる。呼応するかのように、胎児がぽこんとお腹を蹴った感覚がして、もっとぽかぽかしてくる。

ルサは暫くの間、自分の末の弟を確かめるように抱いた後、寝台の傍に置かれている揺籠に赤ん坊を寝かせた。赤ん坊はちょっとだけ腕をもじもじさせたが、起きることはなかった。

「ルサは下の子達の面倒をよく見てくれたから、赤ちゃんの世話にも慣れてるんだよ。なんでも任せて大丈夫だからね」

シアが優しい笑顔でシュイに語りかけてくる。

シュイはなんとも言えない気持ちになった。

ルサは今でもなんでもやってくれる。シュイは妊娠中なこともあって、ほとんど何もできていない。その上、生まれてくる子供の世話まで任せるとなると、罪悪感が大きくなる。

「ルサ、ちょっとイズマに飲み物をお願いしてきてもいい?」

「わかった」

シアに頼まれてルサは寝室から出ていく。二人きりになって、シュイは寝台の傍らにある椅子を勧められた。

「シュイ君。大丈夫だよ。ルサはイズマと同じで、大好きな番《つがい》の世話を焼きたくてたまらないんだから」

「え？」

イズマとはルサの父親のことだ。シアはどうやらシュイの中にある蟠《わだかま》りを悟ったらしい。これまでにも何度かシュイの自分でも言葉に言い表せないような気持ちに気付いてくれたことがあり、シュイは素直にシアのことを尊敬している。

「突然好きなことをしてもいいよってなって、でも、子供ができちゃったから、あれもこれもっていかないんだよね。僕もルサのときは似たような感じだったからシュイ君の気持ちはよくわかるよ」

「シアさんが？」

「イズマは最初、赤国から戻ってきたルサを怒ったでしょう？　子供を作るならちゃんとその後のことを考えて準備してからじゃないとって」

ルサがオメガの出産には黒国の方がいいからとシュイを連れて戻ってきたとき、イズマはルサが、妊娠しているシュイに長旅をさせたことを叱った。もちろん、ルサは移動に際して十分過ぎるほどシュイとシュイの中の胎児に気を遣ってくれたのだけれど。

「でもね。僕達もルサのときは、子供を授かるなんて考えていなかったんだよ」

シアはくすくすと笑う。

「僕の最初の発情期が突然やってきて、僕はイズマが欲しくて、イズマのものにしてほしくてたまらなくて。イズマも僕を欲してくれた。ただお互いを求め合って番になったんだよ。僕が生まれ育った白国の月の宮ではオメガは妊《はら》みにくくなっていて、一回の発情期を一緒に過ごしただけで子供ができるなんて考えてもみなかった」

「そう、なんですか？」

シアは頷いた。

「子供ができたってわかったとき、僕はとても驚いたし、イズマなんてすごく焦っちゃって」

そのときの様子を思い出したのか、シアは楽しそうだ。シュイの知る限りイズマはとても落ち着いた人で、焦った様子なんて想像もできない。でも、予想外だったとしても、きっと二人とも大いに喜んだのだろう。

「それまでも僕に対して過保護なところがあったんだけど、妊娠がわかってからはちょっと移動するだけでも支えたり抱いていってくれようとしたりで」

「あ、それ、わかります。ルサもそんな感じだから」

「僕もこの国で、イズマの傍で、自分が何をしたくて何ができるのか考え始めたところにそれだったから、考え過ぎて逆に何がなんだかわからなくなっちゃって」

シアの言葉にシュイは深く頷いた。

「でもね、甘えちゃっていいんだよ」

「え？」

「やり過ぎかなって思うときは止めていいけど、二人とも医師だから、運動不足が駄目だっていうのはわかっているし、とにかくやりたいんだから。だから、シュイ君は今の自分がやれることをルサに返せばいいんだと思う」

「やれること？」

「自分が何をしたいのか考えて、どうしたらいいと思うか相談したり」

「それで、いいんですか？」

むしろ迷惑をかけている気がする。だが、シアは微笑んだ。

「嬉しいと思うよ。とにかくルサはシュイ君を喜ばせたくて、何でも手助けをしたいんだから。でも、努力をするのは自分だからね」

「それはわかってます」

ルサは今でもシュイの読み書きの勉強に付き合ってくれるし、知りたいことがあれば、直接教えてくれたり、本を買ってきてくれたりする。

シュイの返事にシアは満足そうに頷いた。

「僕は白国で生まれ育ったオメガだからね。白国のオメガのために何かしたいって決めて、白国のオメガの長と……僕の兄上なんだけど、協力して、黒国に白国のオメガを来させてもらって、世話をしたり、話をしたりしているんだ」

ふわふわしているように見えて、シアは大きな仕事をやってのけている。シュイにはそれが眩しい。

「俺は……」

「シュイ君は自分のしたいことを見付けたらいい。やってみたい仕事や、先に趣味を見付けるのもいいかもね」

「趣味……」

シアはうんと頷いた。ずっと使われていた粗悪な抑制薬の影響が抜けた今でも、シュイはあまり手先が器用ではない。これはきっと生来のものだろう。趣味と言われても、食べるのは好きだが、作る方にはぴんとこない。でも、ルサが処方する薬のことなんか面白い。砂糖漬けになる果実が薬になることもあるのだ。考え始めたシュイに、シアの表情が優しくなる。

「もう一つ。ルサに何か返したいっていうなら、すぐにできる方法があるよ」

「！　教えて下さい」

シュイの即答にシアは笑みを深めて答えた。

「好きだよって伝えること」

シアの言葉に、シュイは少し間を置いてからかあっと頬を赤くする。

「シュイ君から手を繋いだりするのもいいかもね。きっとルサは喜ぶと思うよ」

シア達にとってはいつものことだろう。シュイは何度もそんな光景を見ている。だが、シュイにとっては簡単なことではない。もちろん、まったくしないわけではないが、何もないのに、突然好きだとか言ったりできないし、手を繋いだりすることもない。……ルサからは言われるけど。

本当にそんなことで喜んでもらえるのだろうか。いや……。喜んでくれるだろう、ルサなら。

頃合いよく、扉が叩かれてルサが顔を出す。

「母さん、飲み物持ってきたよ。シュイ、顔が赤いよ？　どうかした？」

「なんでもない」

首を傾げるルサに、シュイはそう返しながらもこっそり決心した。

今日帰ったら、早速好きだって伝えてみようと。きっとルサはすごく驚くだろう。その様子を想像して、シュイは自然と満面の笑みを浮かべていた。

「黒国にて」書き下ろし

ビーボーイノベルズをお買い上げいただきありがとうございます。
この本を読んでのご意見・ご感想をお待ちしております。

〒162-0825 東京都新宿区神楽坂6-46
ローベル神楽坂ビル4F
株式会社リブレ内 編集部

アンケート受付中
リブレ公式サイト　https://libre-inc.co.jp
TOPページの「アンケート」からお入りください。

B●BOY NOVELS

アポロンの略奪 オメガバース・契りの運命

2019年2月20日 第1刷発行

著者——水樹ミア

発行者——太田歳子
発行所——株式会社リブレ
〒162-0825
東京都新宿区神楽坂6-46ローベル神楽坂ビル
営業 電話03(3235)7405 FAX 03(3235)0342
編集 電話03(3235)0317
印刷所——株式会社光邦

この書籍の用紙は全て日本製紙株式会社の製品を使用しております。

Printed in Japan
ISBN 978-4-7997-4277-8